ひらあやまり

嬉野雅道

角川文庫
21503

ひらあやまり

目次

はじめに

たったいま驚くべき事態が発生しました。

いやもう、どこから話せばいいのか、わちゃわちゃしていて分からないのですが。

とりあえず未整理のまま順を追って話せば、私はいま東京のホテルにいて時刻は朝の10時を少し回ったところです。私は出張で二日前から東京に滞在していて今日はとりあえず夜までフリーなので貴重なこの半日の時間を使って締め切りが明日に迫った原稿を仕上げようと気合を入れていたところだったのです。

さきほど軽く朝食を食べ終わったので、まず珈琲を飲んで、それから風呂に入ってサッパリしたら原稿の仕上げに取り掛かろうと思い部屋にあった電気ポットで珈琲用に湯を沸かし始めたところだったのです。

私はこのところ、出張にも珈琲豆を携行するようになりました。それもちょっと高級な豆をです。実はつい最近、私はおそろしく簡単に美味しい珈琲が淹れられる信じがたい珈琲ドリッパーを手に入れたのです。そのドリッパーさえあれば紙フィルターをセットし珈琲の粉を入れるだけで準備は完了です。あとはポットからドバドバと湯を流し込んで4分待てばそれで超ウマイ珈琲が出来上がるのですからカップラなみの簡単さです。それでいて味に失敗がない。たしかにサイズ的に少々かさばりますが、とはいえプラスチック製の器具ですからトランクに紛れこませてしまえば大して手間なく持ち運べる。それに私はずいぶん前に携帯サイズの手回しミルをそういえばもらっていたのです。「なるほど、この二つのアイテムを持ち歩けば、出張先でもゴリゴリと手動で豆を挽けて、どこでだって香り高い挽きたての珈琲が飲めるじゃないか。なんてステキな」と、こう思いついたというわけです。

で、その香り高い珈琲を今朝も飲もうと湯をわかしていたのです。ところが。さぁここからが本題です。さっきから、やたらと探しているのに紙フィルターがいっこうに見当たらないのです。探しはじめてもう20分以上は経っているでしょう。それなのにいっこうに出て来ない。おかしいのです。だって昨日の朝も私はこの部屋で香り高い珈琲を淹れて飲んだのです。そのときにはあった紙フィルターが、なんで今ないんですか。あれからまだ部屋の清掃だってしてもらってないですよ。いくら考えても、なくなる理由が見当たらない。だったら絶対どっかにあるんです。ところがいくら探しても出てこない。指でつかめるほどの束で残っていたんです。しかも布の袋にしまいましたから物に紛れるはずもない。それが見つからない。ひょっとして旅行トランクにしまったか。すぐにトランクを開けて中を見渡しました。ありません。うっかりベッドの上に置いて寝具に紛れたか。布団をめくって探しました。見つからない。じゃぁショルダーバッグの中か。いやいや持ち歩くバッグに入れたりするだろうか……そんなことはしないはずと中をのぞくがやっぱり見当たらない。もうあと探してないのは風呂場です。いや、そんなバカな。なんで珈琲の紙フィルターを風呂場に置くよ。とは思うが他に探すところがないからいちおう風呂場へ行ってみる。やっぱり見当たらない。あたりまえだ！　くそ！　むむ。ひょっとしてベッドの下に落ちてたりするか。私は床にはいつくばってベッドの下を覗き込みましたが見当たらない。どういうことだ。紙フィルターだけがこの部屋から忽然と消えてしまった。ミステリーか。念のためだもういちどショルダーバッグの中を探してみよう。今度は中身をひとつひとつ出しながら丁寧に探そう。そのときです。

私はショルダーバッグの中を空にしながら「アレ？」と、もう一つ見当たらないものがあることに気づいてしまい、ぞっとしたのです。

ノートパソコンがないのです。そんなバカな。ショルダーバッグの中にずっと入っていたぞ。それが無いなんてそんな。だって、そのパソコンでこれから原稿を仕上げなきゃいけないんだよ。え？　本当に無いの？

冗談じゃないよ！　紙フィルターどころの騒ぎじゃないぞ！

いや、思い出したぞ、たしか昨日、出がけにノートパソコンは重いからとショルダーバッグからいったん出してこの机の上に載せた……気がするんだが……いや……どうかな。え？　本当に無いの？　無くなったの？　え？　明日の朝に送信する原稿は、あのパソコンの中に全部あるんだよ。そのパソコンがないよ。盗難か？　盗難かもしれないか。何者かが昨日、私が外出している間にこの部屋に侵入して私のノートパソコンを持ち去ったのか。たしかに物騒な世相だ、ない話じゃない。で、そのとき、そばにあった珈琲の紙フィルターも一緒に……盗んで……ってか？　ノートパソコンと紙フィルターだけを盗んで行く奴ってなんだ。そんなおかしな盗み方ってあるか……。え？　マジで無いの？　ノートパソコン。まったく思い出せないのです。どっか他の場所に置き忘れたってことか？　え？　じゃあそれってどこ？　え？　パソコンをどこへやった？　思い出せないぞ。え？　なにこれ。あぁ、なんか気が遠くなりそう。原稿は？　ほとんど書き上げて最終チェックをするばかりのところまで手を入れていたあの原稿は……もうパーか。ぜったい今から書き直せる気がしない……。

結局。私のノートパソコンはＪＡＬさんの羽田のスマイルサポートの窓口に忘れ物として確保されており無事でした。無事だったからみなさんは今この本を読めておるわけです。よかったですね。私もよかった。そうです、無くなったと思っていたノートパソコンに入っていたのはこの本の原稿だったのです。

私は東京へ向かう飛行機の中でもノートパソコンを開いてこの原稿に手を入れていました。そして降りる際にうっかり座席に置き忘れたのです。そうとは知らぬまま私は二日の間ずっと「ノートパソコンはショルダーバッグの中にある」と思い込んで行動していたのです。そして迎えたのが今朝の大パニックというわけです。

間違いありません。これが老化の領域に突入した私が最初に見た風景でしょう。つまり私は今朝、いよいよＺＯＮＥに突入したもようです。恐ろしい。なんてミステリーな。これから私は、私の目に見えない何者かの仕業で、いろいろな物を奪われ、隠され、消しさられるのです。そんなミステリーが私の日常になるのです。そして、その人物がそれらの品物をどこへ消し去ってしまったか、それはわからないままとなるのです。私はずっとここにいたのに。それなのに私の身の回りから忽然と物が消えてゆくのです。老化とは日常がミステリーに突入することだったのです。そして、私の目に見えないその何者か、そいつの正体が実は私自身だったという衝撃《しょうげき》の事実《じじつ》。それがミステリーの結末だというのです。

ZONEです。私はとうとうZONEに突入したのです。いよいよ文庫になった『ひらあやまり』の最初の文章がこんなことから始まるなんて。そしてJALさん、本当にありがとう。私は命拾いさせてもらった心境です。

では文庫になった『ひらあやまり』どうぞ最後までお楽しみください。
あ、ちなみに、例の紙フィルターは、未だに出てこないのです。

第一段　カフェ始めました

第一段　カフェ始めました

最近、会社でカフェ始めました。
おかしなことを言ってるように聞こえますでしょうか。

でも、あるとき不意に私、
「会社でカフェやってみっかな」と、
思ったわけです。それ思いついたら、それだけで気分が伸び伸びしてきてね。

それってあれなんですかね、カフェってものに、私が個人的にリラックスなイメージを抱いているってことなんでしょうかね。

「最近、会社でカフェ始めたんですよ」

そう言われたら、聞かされたほうは「なんすか？　それ」と、ちんぷんかんぷんながらも、わりに興味を持つというのか、とりあえずは肩ひじ張らないというか、どこか気分がのんびりするというのか。

でも、さすがに会社で就業時間中にそんなことやってたら、「嬉野くん、ちょっと来なさい」と呼びつけられて「なにを考えとるんだ、きみは！」と、怒られっかなとも思ったんですが。

でも、なんでしょうね、これぱっかりは就業時間中にやらないと、やる意味がないような気がどっかでしたんです。これは妙なもんですね。いえ、北海道の田舎とはいえ、ここだってテレビ局なんです。テレビ番組をつくってるとこなんです。だったら会社の中に外の世界にはない自由な雰囲気があっても好いんじゃないか。そんなら自由な雰囲気、あることにしてみっかな、という気になったんだろうと思うんです。

思えば私のそうした気分の根っこには、「ぼくをリラックスさせておくれ」と、テレビに対してどうしても期待してしまう、どこかテレビを身内と思っているような、そんな気分が、子どもの頃から変わることなくずっとあるってことなんでしょうか。今年59歳のおっさんになっても、私は、いまだにテレビが頼れる存在であってほしいと思っている。それが物心つく頃からテレビを、もう一人の家族のように思ってきた、初代テレビっ子世代のいつわらぬ心情なのかもしれません。でも、そうだとすればなおのこと、テレビをつくる側の人間がリラックスして広い視野を持つ。そして「なんかオレたちの職場って自由だな」って感じられる、そんな環境に生息して独立の気分を持たなきゃいかんのじゃないだろうかと思ったわけです。私ひとりが勝手にね。

でも、結局、自由な雰囲気って、上から言われてつくられるようなことじゃない気がするから。どちらかというと下から勝手にやり出したことを、上がいちいち咎《とが》めだてすることのない状態、それが自由な雰囲気には欠かせないような気がする。

自分でなにか始めようと思いつく。それは自立した人格です。だったらその自立した人格が、自分で思いついたことを実際にやり始めたとき、「好きにやれ」と後押しなんかされなくていい。ただ、とくに排除されないという状況さえあるのなら、自分の行為は許され、自分の居場所はここだという独立の気分を人間に与えていくのだろうと予感するのです。自由な雰囲気というのは、そういう順番で人の心に明るい気分を灯《とも》していく。

ならば「会社でカフェやってみっかな」と思いついた私が、その思いつきを実行に移してみれば、まず私ひとりの気分は伸び伸びするはずです。

もちろん私ひとりが勝手に思ってのことですから、実行したあとで会社の理解が得られなければ、私は直《ただ》ちに怒られるでしょうよ。だったらまぁ「怒られたらやめっか」ぐらいに思ってね。「とりあえずカフェをやるんだから珈琲《コーヒー》を淹《い》れる道具は揃《そろ》えないとな」と算段しておりましたところ、ある朝、出社しましたら私のデスクに重たい郵便物が届いておりました。開けてみましたら中から香典返しの分厚いカタログが出てきたのです。

少し前に東京の知り合いに送った香典のお返しが忘れた頃に送られてきたんですね。

このごろの香典返しは、好きなものをカタログの中から選んで決めていいという、ありがたいシステムのようで、わたくし感心してパラパラとカタログのページをめくっておりましたら、なんと、その中に電気カフェポットというものがあった。

「え、スゲェ、これがあれば明日からでも会社でカフェが……いや、これはなに？やはりカフェをやれという、そういうお告げ？」

わたくし、にわかに得心のいった心持ちがいたしまして、さっそく電気カフェポットを注文して、それでもって現在、会社でカフェやってます。

やってますといっても、総務にもどこにも申請など上げてはおりませんで。近くにあったコピー用紙に筆の運びも小粋な伸びで、やおら「カフェ始めました」と墨書しまして、これを小会議室のドアに貼って勝手にカフェを始めました。

とはいえ、やり始めて気づいたんですが、こんな入りにくいカフェもないわけでね。だって仕事中にね、会社で嗅ぎなれない淹れたてのアロマの香りが、えも言われぬ勢いで会議室のほうからしてくるわけです。

「なんだ？　緊張感のある職場に、この場違いなリラックス感のある匂いは」と、驚いて会議室を覗《のぞ》くと、中で、おっさんが珈琲を淹れている。開け放った会議室のドアには「カフェ始めました」と貼り紙がしてある。以上。いやいや、これでは状況がよく分からない。

ただまあ、おっさんの顔は嬉野さんだと認識はできる、人物の得体はしれる。でも、やってることは得体がしれない。「当分の間、無料」と書いてあるから、嬉野さんがタダで珈琲を飲ませてくれるのかしら？　とは思う。思うんだけど、だからといって、いまはまだ仕事中なんだし、こんなところに迂闊《うかつ》にフラフラっと入ったが最後、中で嬉野さんと一緒に自分まで「こら！　おまえたち！　なにをやっとるんだ！」と会社から怒られてしまうかもしれない。そう考えると、開け放ったドアからアロマの香りをしきりと漂わせ、貼り紙で入室をやけに促すこのカフェは、まさに自分を陥れる罠《わな》、危険の潜むサバンナと思えて仕方がなく、興味はあるが、入ってよい場所かいけない場所かが判断つかない。

いまどきの、リスク回避できゅうきゅうとする日本社会では、回避に失敗して面倒なリスクに巻き込まれでもしようものなら、手加減のないバッシングを浴びせられるのはあなたも承知。いまの社会は実に恐ろしいほど不寛容な社会ですから、笑って許してなんかくれやしない。たとえカフェに興味をもったとしても、そんなどこからも承認されていないような頼りない場所に入るのは、この際、得策ではないだろうと思え、ましてやここは忘れがちだが白昼の、つまり就業時間真《ま》っ只中《ただなか》の会社です。たとえドアは開け放たれ「カフェ」と貼り紙されていようと、こんなところはカフェではない。単に占拠された会議室だ。「無料」と書かれているもんだから敷居は低そうなんだけど、なんか、ただ入るというごく簡単な行為に決断を迫られるようで、おかしなカフェになっとるわけです。

でも、次の日あたりにね、また会議室の前を通ると、この自称カフェに意外にも客が入っていて、その人は嬉野さんに珈琲を淹れてもらい、しかも楽しげに話している。

「え、怒られないの？　もしかしてここって安全？」

そして次の日、また会議室の前を通ると、今度は嬉野さんの自称カフェに自分のよく知ってる友だちがいた。自分のよく知ってる友だちは、嬉野さんに珈琲を淹れてもらって、のんびりなにか話している。

「え？　あの子まで。うそ、え？　なに？　ここってやっぱり安全なの？」

そうやって二度も安全にカフェを利用している人物を目撃して、しかも二度目の客は自分の知り合いであり、二度とも客は安全に珈琲を飲み、呑気《のんき》に話をしていた。会社にこっぴどく怒られるような様子もないし、あとで怒られたという話も聞かない。こういう現実を複数回目撃するうちに、人というのは、だんだん「このカフェ、入っても安全かも」と認識を新たにし始めるわけです。

そうなると、次のタイミングに「こんにちは」とこのカフェの敷居をまたごうとするとき、これまで感じたような抵抗感はもうなくなっている。そして実際カフェに入ってみたら歓待されて、珈琲を淹れてもらい、のんびり語り合い、悪いことはなにも起きなかったとなれば、いまが就業時間内であるにもかかわらず、また来ようかなとも思う。

かくして、あんなに「危険だわ」と思い込んでいた場所も、意外に他人が安全に過ごしていることを繰り返し繰り返し目撃するだけで人の認識は「危険はない」にアッサリ変わる。

結局、この「目撃の繰り返し」だけが「社会は恐ろしいだけの場所ではない。自由に寛いでもいい場所でもあるのだ」という認識に人の意識を変えていく唯一の道のりだと私は思うのです。

私が社内で始めたカフェは、そういうことに思いを寄せる実践的機能を持った装置であるということです。単なる「珈琲好きの暇なおっさんの思いつき」というだけで片づけてはいかんものなのです。

人が呑気にしていられる場所が今日も世間にあるということ。呑気に油断している人間が今日も近所にいるということ。呑気で安全な場所が今日も社内で許されているということ。その場所が社内で日常的に目撃され続けるということ。こうして繰り返される目撃が、いつか人の意識に微妙な変化をもたらすことになるのかもしれない。

聞いた話ですが、ある家庭で小学校に通っていたお子さんが不意に不登校になってしまって。心配になったお母さんは、すぐに専門機関に相談に行ったのだそうです。すると担当のドクターはお母さんに「次はお子さんを連れて来てください」と薦めたので、お母さんは家に帰ってから懸命に子どもを説得するのですが、どんなに説得しても子どもは行くとは言ってくれない。仕方なくお母さんはそのことをドクターに告げに行ったそうです。「先生、すみません。どうしても子どもが一緒に来ると言ってくれなくて」と。

するとドクターは、「それでは次回からは、お母さんだけ来てください」と言うので、それを聞いたお母さんは困惑してしまって、「だって先生、不登校なのはうちの子なんです。その子抜きで、先生と私が会ったところで……」。それでもドクターは「構わないですから」と言ったそうです。こうして、お母さんは半信半疑のまま、それから毎週ドクターのところへ通うのです。

それから、どれくらいの月日が経《た》った頃か、結局一度もドクターに会うことのなかった不登校の子どもが、自分から学校に行くようになったというのです。不思議な話ですが、妙に心に残りました。

深刻な「問題」は、その家の子どもの身に起こり、その子を「不登校にさせる」という形で発症したのです。なのに、ドクターもお母さんも問題であるはずの子どもを見つめることのないまま、結果的にその問題は解決してしまったのです。

それは、子どもからじっくり話を聞いて、「問題が起きた理由を突き止めて根本から解決する」という積極的なアプローチでなくとも、ドクターが、お母さんと話すという、一見、お門違いにも思える、取り立てて目的の見えない姿勢からでも、家庭内の気分の流れは変わっていくのかもしれないという予感です。

ドクターと話すという繰り返しの中で母親に発生した微妙な気分の変化に家族の気分もまた変えられていくのかもしれない。

ひょっとすると、母親が半信半疑ながら始めた「定期的にドクターを訪問する」という行為の繰り返しが、いつしか「私は定期的にドクターと話している。問題があれば指摘してもらえるはず」といった安心感を母親にもたらし、たいした根拠もないままに、「私には頼れる人がいる」という信頼に変わっていき、まず、お母さんから不安な顔が消えたのかもしれません。

不登校が発症した原因は分からないままだとしても、お母さんから不安な顔が消えることで、子どもは家庭内を安息の場所とすることができたのかもしれません。

お母さんは、ぼくのことを怒っていない、お母さんは、ぼくのことで悩んでいない、お母さんは、ぼくのせいで泣いていない、お母さんは元気にしている、お母さんには不安がない、ぼくの家には不安はない。そのことの目撃の繰り返しが、子どもに「自分には不安はない」と、いつか確信させたのかもしれません。その確信が、子どもの心から漠然とした不安を拭い去ったから、だから子どもは自分から学校へ戻ることができたのかもしれない。そう思うのです。

私が会社で始めたカフェは、当たり前ですがいまだに会社公認ではありません。だから、いつか怒られるかもしれない危険ゾーンのままです。それでも、私が排除されない限り、そこは今日も安全な場所として社内で目撃されるのです。なんなら私が会社で今日もまた無事にカフェをやれている限り、「日本はこの先も平和だ」と確認できると言って好いのかもしれない。

つまり、私が会社でカフェをやることは、そして、私と私のカフェの安全が会社の中で目撃され続けることは、やがて、巡り巡って世界平和につながる遠因となっていくだろうと、私は真顔で思っているのです。ほんとにね、思っているのです。

第二段　人類数十万年の幸福の頂点に立つ

第二段　人類数十万年の幸福の頂点に立つ

あれは札幌から東京へ出張に出た帰りのことでした。その日、仕事を終えた私は羽田空港へ向かう京浜急行の車内におりました。

平日で昼下がりのことでしたから電車の中は空いていて、窓から射し込んでくる春の陽射しが車内に溢《あふ》れて眩《まぶ》しいほどでした。そのとき一通のメールが私の携帯に着信して、見ると差出人は劇作家の青木豪さんでした。

「このごろ、気がつくと、幸せについて考えている自分がいます」

読んだらそんなことがメールの末尾に書いてあったのです。

「幸せについて考えています」

いまの社会はどうしてだか、いろんなところに気を遣わなきゃいけない、用心をしなければいけない。でないと、些細《ささい》なことから躓《つまず》いて大変な事態を生むのだと思わせるところのある、妙に油断のならない厳格で不寛容な社会であるような気がどこかでしていたので、「そうだよね。なにも、いわれもなくびくびくするばかりのこともない、別に正面切って幸福のことを考えたいって言ってしまったって好いんだよね」って、そう思えてね。

なんだか、自分が言ってほしかった言葉はこれだったのかなと他人に教えられたようで、不意に探していたものが見つかった気がしたのか、どこかホッとした気分で私はそのメールを眺めていました。

そうですよ、世界はそんなに厳しいだけのものじゃない。人間は呑気だと思えばいつだって呑気になれる。人生にはそんなところがありますよ。だって55年生きているうちには、誰もが呑気だった時代もあったよと、私自身いまだに覚えているのですから。

その青木さんのメールから2年後、ぼくらは青木さんの脚本で「幸せハッピー」というドラマをつくりました。

青木さんが書いてくれた物語のラストシーンは北海道の海辺で。まだお盆を過ぎたばかりだというのに、北国の海辺にはもう冷たい風が吹いている。そんな人影のなくなった晩夏の浜に、最愛の亭主を亡くした傷心の製麺所のおばさんと、小さい頃からずっと父親の言いつけどおりに生きてきて、結局、そんな父親にいつまでも振り回され、それでもひとりで生きていくのは怖かったから、でもとうとうその父を捨てて、ひとりで生きることを決意した娘という、物語がはじまるまでなんの縁もなかった2人が、物語の中で出会ってね、最後に夏の風とは思えないような冷たい海風に吹かれながら、でも、その風の中に微《かす》かに残っていた夏の息吹《いぶき》に背中を押されるように、それぞれに再生していこうとする、好い感じのラストシーンだったのです。

あれはドラマのキャスティングも終わり、撮影準備も整う頃だったか、私はドラマの打ち合わせで盛り上がった飲み会の帰り道に、「先生、お茶飲んでいかないすか」と、監督の藤村（忠寿）くんを夜更けのコーヒー屋に誘ったのです。

　私はおそらく話し足りなかったのです。そして足りない話のその中身は、誰にでも話せるような分かりやすいことではなく、でも、そんなときでも、形も見えないような話でも、不思議と藤村くんは深層の部分で引っかかってくれたりするから、そしてなによりその話は、これから自分たちが撮影に臨もうとしていたドラマの登場人物の話でもあったので、撮影に入る前に、監督としての藤村くんに聞いてほしかった話でもあったのです。

「いや、あの本のラストシーンさ」
「うん」
「最後に家族が全員で海辺にピクニックに行くじゃない」
「あぁ、行くね、あれ、いいラストだよ」
「でも、琴絵だけ車に残るんだよ」
「あぁ……」

　琴絵というのは、最愛の亭主を亡くして傷心な製麺所のおばさんの一人娘です。

「琴絵はあそこまでみんなと一緒に来たのにさぁ、そしてこれからいよいよ車から降りて主要登場人物全員でラストシーンだってときにね、『私は、行かなくてもいいかな?』って、ひとりだけ車に残るんだよ。なんて言うんだろね、土壇場でさ、自ら進んでラストシーンに参加しない登場人物なんてね、オレ、はじめてな気がしてね」
「あぁ……なるほど、そういう見方ね」

つまり話はこうなのです。物語の途中まであったいろいろな問題が落ち着くところへ落ち着いていってね。そろそろドラマはエンディングだなって頃にね、「ねえ!これからみんなでピクニックに行かないかい?」って、亭主を亡くして傷心の製麺所のおばさんが家族に提案するんです。妙にはしゃぐようなそんな母親に促されて、一人娘の琴絵は傷心の母を案じてもいたので家族と一緒に海辺までやって来ていたのです。なのに、車を降りてみると海の風は予想外に冷たくて。まだ夏のはずなのに、この冷たい風の中をこれから歩くなんて気にはとてもなれなかったんでしょうね。「う～寒……」と、琴絵は聞こえよがしに家族の前で身震いをしてみせるのです。

それを聞きつけた琴絵の年下の恋人が、

「車の中にいれば？　からだに障るよ」

そんなふうに、琴絵のお腹にいる子どもを気遣うように言ってくれるんです。

そのとき、たしかに琴絵のお腹にはその恋人の子どもが宿っていたんです。

でも、琴絵はお腹の子どものためにというよりは、単純に自分が寒かったんでしょう。だから、そんな寒い思いをしてまで母親に付き合うのが急に億劫《おっくう》に思えた。琴絵はたぶんそういう人なんです。

とはいえ、それでもみんなの手前もあるから、とりあえず、「う〜寒……」と言ってみた。すると恋人が自然な感じで口添えしてくれた。「車にいれば？　からだに障るよ」って。そしたら一緒に来ていたみんなだって、「あぁそうだわ、琴絵さんはお腹の子どものために車に残ったほうがいいんだわ」と納得してくれる。それで琴絵も、なに憚《はばか》ることなく暖かい車の中にぬくぬくと気分好く残れる。だから琴絵は、「そういう気遣いのできるあなたが好きよ」と満足げな眼差《まなざ》しを恋人に送ると「そう？　そうね。じゃあ、そうしようかな」って、ご機嫌な様子でラストシーンへの不参加を表明するのです。

なにかとちゃっかりしたところのある琴絵は、こうして主要登場人物であるにもかかわらず、ラストシーン直前で身を翻し、物語の本流からひとり降りてしまうのです。そして再生のラストへ向かう母たちの背中を見送り、ひとりだけ暖かい車の中にいそいそと戻っていく。

この琴絵の自由さはなんだろう。私はそう思ってしまったのです。

場の雰囲気に縛られず、自分の気の進まない方向には進もうとしない。大人気《おとなげ》ないとも受けとれる琴絵のこの自分本位なちゃっかりした性格が、でも不思議と場の雰囲気を和らげていることに気づくのです。

「みんなが「いましばらくは寄り添って気遣ってあげなければ」という気分の中にいるとき、琴絵だけはそこから自由なのです。「みんながそうしているときなんだから、いまは私もそうしなければ……」。そういう常識的な気遣いに敏感なところが、そういえば琴絵にはないのです。

こんな自分本位な性格では、世間から批判を浴びることも琴絵の場合多いのでしょうが、でも、みんながみんな同じ方向を向いてはいないという状況は意外に心地よいことでもあるんだなと思えて、なにかと自由に振る舞いがちな琴絵にどこかでホッとしている自分がいることに私は気づいて、我ながら少し驚いたのです。

きっと琴絵は、よく分からないなって思ったら、「あたしは分からないな」って躊《ちゅう》躇《ちょ》なく言えてしまうし、場の空気を読むことにはそれほど敏感でなく、自分の興味の持てないことには、「あたしは興味ないな」って言えてしまう。でも、それが言えてしまうのは、結局琴絵が、他人を、そしてなによりこの世界を、当たり前のように信じているからかもしれない、だからそんなふうに振る舞えてしまう、そんなふうにも思えたんです。

長い間、誰も開けなかった窓があって。誰も開けないからという理由だけでその窓は開けてはならない窓だとみんなが勝手に思っていて。でもそんな窓でも不用意にガラガラって開けてしまうのが琴絵で……。たしかにその瞬間は、みんな「あ！」って思って緊張したけど……でも開けてみたら、意外にゆるい風がその窓から入ってきて。その風がみんなには気持ちよくて。気持ちよい風に吹かれながら何事も起きなければ、

「あの窓は開けてはいけない窓だと思っていたけど、でもそれは勝手にそう思い込んでいただけで、いつ開けてもいい窓だったんだ」って気づかせる……なんだか琴絵は、そんな役割を生きているんじゃないのか。

「そう思ったら、それから主役でもない琴絵のことが気になりはじめてね……」

「なんだかね、琴絵の周辺に、きわめて純度の高い幸せが漂っているような気がしてならないわけですよ」

「なるほど……」

幸せのありかを人に教えてくれるのは、「不運な経験」かもしれないのです。いや、そうなんです。そうだからこそ、それぞれに不運を乗り越えて、ドラマのラストで再生していこうとする2人の女たちは感慨深いんです。

でも、不運を乗り越えながら幸福の意味に気づいていった2人よりもっと純度の高い幸福に包まれているのは、自分が幸福であることにも気づかないほどの幸福の中にいる琴絵のまわりにあるのかもしれないと思えてしまうのです。

「お父さんはさぁ、結局あたしを束縛したいのよ。あたしにお父さんの満足する結婚を押しつけたいだけなのよ」

ドラマの冒頭、母親に向かってそんな父親批判を自宅の居間のソファーにだらしなく寝そべりながら口にする琴絵は、でも、ほんの数年前に親の反対を押しきった結婚をしているんです。そして、親の予想どおりにその結婚は破局を迎え、琴絵は幼い娘を連れて実家の製麺所に出戻っていたのです。

琴絵は明らかに思いのままの人生を送っているのです。それなのに自分の思い描く幸せがつかめないと思うと、「あたしはお父さんに束縛されているのよ」と、自分の不幸は父親のせいだと琴絵は思うことにしているようです。

そんな自分本位に育った娘を見るにつけ、父親は強く意見もするし、時にはデッカい雷も落として自分が甘やかして育てたことを深く後悔するようでもあるんだけれど……それでもね、結局、琴絵のことが可愛くて仕方がない様子で、結婚に破れて出戻った娘のことを思えば不憫《ふびん》にもなるのでしょう、やっぱり変わらず琴絵を溺愛《できあい》し甘やかしてしまうのです。

「でも、ひょっとすると純度の高い幸福というのはさ、こういう親たちがもたらす環境の中から生まれてくるものかもしれないなぁって、そのとき思ったのよ。でね、そう思ったら心当たりがないわけではなかったのよ」

と、私は藤村くんに構わず話を進めたのです。

それはひとつの時代の記憶です。

それは昭和50年代の日本という記憶です。西暦でいうと1970年代の後半から1980年代の半ばあたりということになります。

あの頃シャッター商店街なんかどんな町にもなかったんです。日本はまだバブル経済にもならない前だったけど、景気は上々でね、いまといったいなにが違ったんだろう、いまから思えば日本の地方都市はどこも驚くほど元気で活気があったんです。どんな地方の商店街にもたくさん人が訪れ、町は賑《にぎ》わっていたんです。そんな賑わいと活気が、昭和50年代の日本のふつうの風景だったのです。そしてそれはそのまま、私の高校生の頃の日本の地方都市の風景でした。

あんなに日本全体が当たり前のように活気に満ちたムードの中にあったとき、世間では「中流意識」というものが高まっていて、日本人全体が自分の暮らしぶりに満足して「一億総中流」という言葉が流行語になっていました。

琴絵は、そんな時代に生まれているのです。

「中流意識」とか「一億総中流」とか、そんなこといま言ったって、なんだか「日本人全体が中くらいで満足していた」ってことみたいに聞こえるかもしれないけど、いや事実、当時高校生だった私も、そんなふうに受け止めていたけれど、でもあの頃「中流、中流」と言っていたあの中流という言葉、あれはね、「あの頃の日本人がまだ控えめだったから中くらいであることに満足できる国民性だった」というような、そんなことを表現した流行語ではなかったんだと、私は今頃になって、やっと思い至ったのです。

つまりあの中流という言葉、あれは中くらいという意味ではなくて、戦前の中流家庭を指す中流であったわけで。

つまり多くの日本人は、もう忘れたかもしれないけど、戦前まで日本は身分社会が残っていたから貴族という身分の人たちがいたのです。上流とはその人たちのことを指す言葉。ならば庶民は上流にはなれないのだから、上流のひとつ下にある中流こそが、庶民が出世してなれるお金持ちということになるのです。つまり企業の重役さんとかいったお金持ちの家庭、お手伝いさんのいるような家庭というのが中流家庭だったのです。

だから「一億総中流」と言っていたあの流行語はね、「庶民の憧れだった戦前のお金持ちに日本人全員がなれたね」って、そのことを日本中で実感できていた、あれはそのことの喜びと満足を言い表した流行語だったんだと、私は今頃になって気づいたのです。

そんなふうに日本国民のほとんどが自分たちの暮らしを、「まるで（戦前の）お金持ちのようだ」「自分たちは中流だ」と声に出して満足していたという時代。それはね、いまとはまるで違う「幸福を実感できていた人」たちばかりで社会が営まれていた、大らかで、明るい、のどかで、力強い、文字どおり幸福な時代だったはずなのです。

それが、琴絵の生まれた時代。

そうだとすればね。もちろんこの先の時代にも、個人的に幸福な人はそりゃあたくさん出るでしょう。このまま格差社会なんてものが助長されていっても、自分だけ大金持ちで幸福な人は珍しくもなくこの先にも出るでしょう。でも、1億人規模の国民のほとんどが、「自分の暮らしに満足しています」とハッキリ言葉にして言えちゃう時代なんて、そんな明るいムードを国民全体で醸し出し、持ち得た時代なんて、もう再びは来ないんじゃないかなという気がするのです。

ならば、あの頃の日本にふつうに国民規模で湧《わ》き上がっていた幸福のムードは、ひょっとしたら「人類が持ち得た最高の幸福の状態だったのではなかったか」と、私には思えてくるのです。

そんな話を、私は藤村くん相手に、夜更けのコーヒー屋で語っていたのです。

アフリカの地に、私たち人類の祖先が誕生してから、いったい何十万年が経《た》ったでしょうか。その間、人類の歴史は、間違いなく幸福を求め続ける歴史であったはず、と思えば、その人類が数十万年をかけて追い求めて来た最高に幸福な状態の社会が、あの1970年代の後半から1980年代の半ば頃まで、この日本という極東の島国の上で、人知れず達成されていたのかもしれないと、私はいま思うのです。そのことに、当事者であった当時の日本人すら気づいていなかったとしてもです。そしてそんな、人類が二度と手にすることのできないほどの明るさと活気と安心感で満ちていた社会に琴絵は生まれ、育《はぐく》まれていった。

そう考えていたら。

そんな人類数十万年の幸福の頂点にそれと気づくこともなくちゃっかり座っている

のが、家族を放って、いまや暖房の効いた車の中で、ひとりぬくぬくと満足げに眠ろうとしているこの琴絵なんじゃないのかなと、私は思ったのです。

なんて小っちぇ～人類の頂点。

人類が、数十万年かけて追い求めてきた幸福の頂点に立ったとき、人間は、これほど小っちぇ～人格になっていたのか。

でも、そんなもんだなって、どっかで思うのです。

幸福って、けして人を大きく育てはしない気がするから。

だったら小っちゃくて好いね。だって、とっても幸福なんだから。

そう思ったのです。

さて、ラストシーンに参加することもなく、母親たちを冷たい風の吹く海辺へと送り出した人類数十万年の夢の頂点に立つ我らの琴絵は、ひとりぬくぬくとし、気分よさそうにリクライニングシートを倒すと、満足げに目を瞑《つむ》りゆっくりと深呼吸して早くも眠ろうとするようです。

そんな琴絵の幸福そうな寝顔の向こうに晩夏の太平洋が見える。

すでに風は強く、波も荒い。でも、暖房の効いた車の中にいる琴絵には、そんな厳しさは全部関係のないこととしてあるばかり。

こんな状況で、油断しながらまどろんでいる琴絵を、私は、心の底から好いなと思うのです。だって、ここにこそ純度の高い幸福があるから。これこそが人類が追い求め、とうとう手にした幸福の頂点だから。

だからこそ私は、この琴絵という器の小さな人間を愛しく思い、この純度の高い幸福のまわりにあるものすべてを守りたい……。

「そんなふうにね、いま、真顔で思うんだなぁ……っていう話、先生どう思う？」

私は、最後までやけに興味深く聞いていてくれていた藤村くんに夜更けになるのも忘れて語ったのです。

第三段　「水曜どうでしょう」アフリカロケと大泉洋

第三段　「水曜どうでしょう」アフリカロケと大泉洋

あれはそう。２０１３年に敢行した「水曜どうでしょう」のアフリカロケのときのことでした。

ある晩、食事の席で一度だけ大泉（洋）くんが、ぼくと藤村くんの言動にイラついてね、一瞬好くないムードになりかけたときがあったのですが、でも、そのことを大泉くんは気にしていて、ロケのあともずっと後悔するところがあったということを私はあとで知って、少し切なくなったのです。

いえ、なんのことはないんです。ことのおこりは大泉くんが、「ここは部屋が寒いな〜」と夕食の席で愚痴っただけのことなのです。

たしかにあのときは、アフリカロケといっても雨季でしたから雨がちでね、ここはアフリカか！　と思うくらい、夜などは、意外なほど冷えたんです。もちろん防寒着なんか誰も持参していないし、当たり前だけどアフリカのサバンナのど真ん中にいるんですから都合よく防寒着を売っているショップがあるわけもないんでね。そんな予想外な状況の中でおそらく大泉洋は風邪をひきかけたんでしょうね。そんなときにテントロッジ泊で。そこも朝夕は涼しすぎるくらい冷えて。とはいえテント泊といってもね、ぼくらが用意したそのテントロッジは、名前にこそテントとはあるけれど、テントとは名ばかりの超高級なところで、その内装の豪華さたるや、ダブルベッドがふたつにトイレは水洗、24時間お湯が出放題なシャワー室や洗面所まで完備した、どう見ても豪華ホテルの一室にしか見えない調度品と設《しつら》えのテントでね。食事はダイニング棟で毎晩フルコースが出てくるようなところです。それでもたしかにテントの中には暖房設備はなかったものだから、やつは不安になったんでしょうね、夕食のときに、このテントロッジは防寒に不安があるとこぼしたのです。

そこにぼくらは2人で、「おまえ、こんな豪華なテントに泊まってまだ文句あんのか？　なんの不満があるのよ」みたいな言い方をしたものだから、大泉くんの堪《こら》えていたものが決壊したんでしょうね、

「なんでそんな言い方しかできないんだよ。いくら豪華だって寒いものは寒いんだよ。今風邪引くわけにはいかないんだよ。寒いっていうのもダメなのかい?」と、意外なほど声を荒らげて切り返してきたのです。

こやつはめずらしく、そのあとなにも話さなくなりました。そして、たしかに気まずい空気がそこに少しだけ流れたと思います。

それでもあのときは、ロケの同行者も合わせると8人くらいはいたから、席の遠い者たちは大泉洋の苛立《いらだ》ちの声に気づくこともなく話は盛り上がっていましたから、座は白けずに済みました。それでもいつになく大泉くんは、ずっと不機嫌に押し黙っていたのです。ですが、細かい機微の見えなかったガイドさんに、「大泉さん、大泉さん」と陽気に話しかけられるうちには彼も話し出しもし、やがて夕食の後半ともなれば爆笑もし始めて、いつしか大泉洋の不機嫌もなおり、そもそもこの夕げの席で大泉洋に苛立ちがあったのかさえ思い出せないように座は華やぎ、その気分は最終日まで蒸し返すこともなくアフリカロケは和やかに進んでいったのです。

こうしてアフリカでのロケは無事に終わり、そんな一幕のあったことも思い出せなくなった頃、ぼくらはアフリカをあとにしたのです。

でも大泉洋は、あの晩、自分が声を荒らげたことを帰国の途中も気にしていたようだったと、私はあとで知ったのです。

アフリカから札幌へ帰るぼくらは関空便で日本へ、東京へ戻る大泉洋とアフリカロケに随行してくれたテレビマンユニオンの若手ディレクターの牧は成田便で日本へと、それぞれ帰国しましたから、双方はドバイで別れたのです。

帰国後、その牧から懐かしげにメールが来ました。

「嬉野さん。とても楽しい旅でした。雨の東京をゆらゆらと帰り、自宅で大きな荷物を開くとアフリカの匂いがホワッとしました。少しだけ寂しくなりました。

旅を終えて、また嬉野さんと話したいことがたくさんできました。東京にいらっしゃった際や、私が札幌に伺った際はまたご飯を食べながらいろいろとお話を聞かせてくださいね」

　私は初めて目にする牧のメールを読みながら、あら、あいつったらいい感じの文章書くんだねぇと若干感心して嬉しくなり、さらに読み進めるとこんなことが書かれていたのです。

「嬉野さんたちと別れて、ドバイで大泉さんとご飯を食べていたとき、大泉さんがこんなことを言っていましたよ。『あのテントの宿での夕食で、自分が怒ってしまったときからずっと嬉野さんが気を遣ってくれていて本当にありがたかった』と。なんだか、いいなぁと思ったのです。お役に立てたか分かりませんが、今回の旅に呼んでいただき本当にありがとうございました」

牧のメールを読み終えて、私は、どうにも切なくなってしまったのです。あれからもずっと、大泉洋は、あの晩、自分が怒ってしまったことを気に病んでいたんだなと思ったらね。そしたらそのときです。あれは奇妙な符合でした、大泉洋本人からもメールが入ったのです。

「『どうでしょう』アフリカ、先生が久しぶりにカメラを回してくれたのが私は嬉しかったです。ふじやんには一度怒鳴ってしまいまして（筆者注：大泉くんは別に怒鳴りはしていなかったけど、本人の意識の中ではそうだったんだね）、雰囲気悪くして悪かったね。まぁふじゃんも私に対して、なんか気に入らないことがあるんでしょう……」

と、やつは寂しげに書いていたから、私は、いてもたってもいられなくなり、そんなことはないと、すぐに大泉洋に返信したのです。

「先生、考えてごらんよ。藤やんがさぁ、あんたに気に入らないことがあると思うかい？　なんにもないよ。あるわきゃない。ただ、オレらが、あんたに甘えてるだけだよ。そうなんだよ。だってさ、オレらはね、HTBで最初にあんたと出会ったときの関係性が変えられないままなんだよ。あんたは気の好い、とにかく面白い大学生で、オレらはもういい歳《とし》の大人だった。あれから17年も経てば気の好い大学生もずいぶん立派になったはずなのにね、オレらにとっては、あんたは17年前の気の好い大学生のままです。でも、だからといって、あんたをいつまでも大人扱いしないことって、ときに失礼なことだよなぁとも思いはするんだけどね。だってあんたはあのとき『寒い』って言っただけだったのにね（笑）。そんなあんたに『なにいってんだ。ここは超高級な宿なんだぞ！』って頭ごなしに叱りつける。ひどい話です（笑）。けどね、そこはね、オレらはあんたに対して甘えさせてもらってるんだよね。それはあえてじゃなくて、傍若無人に甘えさせてもらってる。そうでないと『どうでしょう』

にならないかなって、微かに予感がするから。でもね、そのことがなにかの瞬間にあんたには負担になるときもある。ほら、なみなみと水を注がれたコップにコインを一枚入れられてしまうようなことだよね。そのコイン一枚のせいで水がこぼれてしまうじゃない。それだけのことだと思うの。あんたは素晴らしい。あんたが的確にツッコんでくるから『どうでしょう』は『どうでしょう』になる。今回のアフリカロケの、あのスケジュール表だけを眺めた人は、あのスケジュールから、いったいどうやって『どうでしょう』がつくられていくのか、どこに面白くなりそうなイベントがあるのか、まったくチンプンカンプンなはずだと思うよ。

わざと杜撰《ずさん》な計画でアフリカに臨んだわけもないのに、カメラは動物に寄り足らない不本意な画ばかりになり(^^)、タレントは布一枚を隔てたテントの中で夜通し猛獣と対峙《たいじ》させせられる。その杜撰に気づかないぼくらディレクターにあなたは的確にツッコンでくる。そのとき、そのツッコミによって、ぼくらの天性の杜撰さが、準備不足という事務的失態にならず、物語の重要な状況設定へと昇華していき、『どうでしょう』という物語は弾みをつけて一気に展開していく。それはマジックのようなものだと思う。その魔法の呪文を唱えてカボチャを馬車に変えていくのが大泉洋なんだよ。ネズミを御者に変えていくのが大泉洋なんだよ。そして逆説的に言えば、大泉洋はその我々の天性の杜撰さを抜け目なく暴くことを住処《すみか》にしている。こうしてあなたとぼくらは稀有《けう》の共存をしている。そんなあなたにぼくらは愛と敬服を感じこそすれ、どうして気に入らないことがあるだろうか。問題があるならそれはただひとつ。このメールの初めに書いた、あなたに対するぼくらの度外れた甘えです。あなたは、とうに立派な大人になったのに、いまだに気の好い大学生だったあの頃のように、ぼくらは、『超高級なんだぞ！ そこをもっと喜べよ！』とあなたの胸のコップに傍若無人にコインを入れていくのです。その傍若無人な振る舞いにあなたが耐えきれず、水をこぼすときがある。そしてたしかにそんなことがあるし、あったのだと思います。だからね。詫《わ》びるのは、むしろぼくらのほうです。

でも、それを正面きって詫びては、『どうでしょう』はできないから、あなたに甘えて、あなたのコップの水かさも見ずにあなたの胸に昨日も今日も明日もコインを入れてしまう。その乱暴さに、あなたの心の表面張力が切れるときがある。それだけです。あなたの仕事にぼくら2人は常に驚嘆し感謝しているのです。ぼくらは傍若無人だけれど、ものの分からぬバカではないのです。あなたの気持ちはちゃんと分かっておりますから、そのことはどうぞお忘れなきように。ねえ先生、今回のアフリカもまた、傑作になったと思います。ご苦労さまでありました。

嬉野雅道」

しばらくして大泉洋からメールがきました。

「先生、またもやありがたい名文を(笑)。先生の文章には本当に魔力がありますなぁ。ありがとうございます。近々ふじやんと先生とおやびんとご飯行きましょう！」

コップの水は、少し減ったようでした。私にはそれが嬉しかった。

すると不意に、大泉洋の顔が私の中に温かなものをもたらしながら懐かしく思い浮かんで来たのです。この温かなものはなんでしょう。同じようにミスターの顔も藤村くんの顔も浮かんで来ては温かなものを私にもたらすのです。

かつて、4人とも、「水曜どうでしょう」以外に人生の可能性のなかった時代に、「水曜どうでしょう」という小舟にたまたま乗りあわせ、なんだか夢中で漕いでいた時代があったのです。まだ北海道以外、世間の誰にも発見されず、ロケの日数分だけそれこそ大変な目に遭ってはいたけれど、ローカルだったから、とくにたいした気負いもなく、とにかく4人でのロケが楽しくて、番組は必ず面白く展開していくのです。

そんな日々の中で私が思い始めていたことは、こんなにも心から楽しいと思えるこの旅が、この男たちとの毎日が、これが仕事なんだという、それは驚きというのか戸惑いというのか不思議な感慨でした。

いや「こんなことでいいのだ」という、いや「こうやって生きて行くこともできるんだ」という「できるじゃないか」というその思い。それはやはり、「水曜どうでしょう」という場所にたどり着くまでは思いもしなかった現実認識だったと思います。

それまでは、仕事は仕事、遊びは遊び、余暇は余暇、楽しかった子ども時代や学生時代は終わって、これからはコートの襟を立てながら風の中を歩いていかなければならないからと、それが大人になっていつか死ぬまでの人生に待ち受けることとわりなのだからと、そう思い込んでいたはずなのです。

でも、改めて考えてみれば、そんなイメージを私はどんな段階でいったい誰から学習したものやら、それはもう思い出すことも出来ないのですが。でも、人生はそんなふうなことなのだと思い込み諦めてしまうことが大人になった証《あかし》なのだとも思っていたはずなのです。ところがどうやら本当はそうではなく、むしろ、「なんだ、こんなに楽しく生きて行くことだってできるんじゃないか」と、そう気づいてしまったあの時こそが、私が本当の意味で大人になった瞬間であったかもしれないと、今不意に思ったのです。

「水曜どうでしょう」という番組で、たまたまだけど同じ舟に乗り合わせた私たち4人は、会社からも世間の誰からも期待されていなかったくせに、権威あるどこからも世間に自慢できるような栄光あるミッションを与えられたわけでもなかったくせに、流れに舟を浮かべ漕ぎ出したのです。そんなことが躊躇《ちゅうちょ》なく出来てしまったのは、そもそも流れに舟を浮かべることに不安などなかったからでしょう。

それでも舟を操る技術といってもとくになかったから、実際、舟がみるみる流れを滑り出し前方に激流のように見える早瀬が現れ、そこへ舟が向かっているようだぞと思えば各人が各様に騒ぎだし、叫び、絶句し、でもだからこそ、そこを乗り越えていくたびに腹の底から喜びの声が出てしまう、知らないうちに手を叩《たた》き、快哉《かいさい》を叫んでいたと思うのです。

何も知らなかったから、なんの技術もなかったから、そしてひとりではなく、4人だったから、そしてなにより切実だったから、必死だったから、だからこそいつの間にかそれぞれが、それぞれの得意分野を持ち場にしはじめて、それぞれの役割にそれぞれの力でたどり着き、生き始めていたのではないでしょうか。

それがいつか楽しくてしようがなくなってきたのは、なんの備えもなく始めてしまった旅だったけれど、それでも自分たちのチームワークでいろいろな早瀬を乗り越えてきたじゃないか、そうして番組はどれも面白くなったじゃないかと、いつしか、そのことの繰り返しが、その経験の積み重ねが勝手に自信となっていったからではないでしょうか。

辛さも、ひやりとする場面も、抱えた苦しみも、それぞれにあったのかもしれませんし、事実あったのでしょうけれど、それでも「水曜どうでしょう」の日々は、毎回、私たちの心を解放してくれる場であり続けた気がするのです。そしてそんな時間の中で私たちは思ったはずなのです、このなんとも楽しい旅が仕事になってしまっているのならば、それはすなわち、私たちはこのまま、この楽しさの中で、この楽しさを住処として、どこまでも生きていけるということなんだと。

「水曜どうでしょう」の日々が私にとって幸福の時代と思えるのは間違いなく、自分たちはこのままこの先もこの楽しさの中で人生を生きていけるのだという明るい展望の中に世界と自分とを見ていたからです。そして、そんな生き方があるんだ、あるじゃないかという認識にたどり着けたあのときが、私が大人になった瞬間だったのかもしれないと、私は今、振り返りながら気づいたのです。

人生は素晴らしい。

あの男たちの顔を思い浮かべるとき、一緒にもたらされてくる温かいものの中で、私は、そう思うことが出来るのです。

第四段　痕跡

第四段　痕跡

あれはアポロが初めて月面に着陸するといって世間が騒いでいた頃でしたから、私はまだ小学4年くらいだったと思います。

ある晩、父がこんな話をしてくれたのです。

「西洋の人は、宇宙は神様がつくったって言うだろう？」

「うん」

「でもな、仏教では違うんだ。仏教ではな、宇宙はもともと在ったと言うんだ」

あの頃、アポロ宇宙船の模型や、地球儀ならぬ月球儀などまでが売り出され、月面着陸関係の関連商品は出るたびに人気となり飛ぶように売れていました。アポロ11号という名前とその形にあやかったチョコレートも発売され、テレビは着陸船が月面に着陸するまでの様子をそのまま宇宙から生中継し、全世界の人は、この歴史的瞬間をテレビ画面で目のあたりにできるという興奮で沸き返り、月面とＮＡＳＡとの交信の模様をリアルタイムで通訳する同時通訳という言葉も小学生の私には目新しかった時代でした。

いよいよ宇宙時代の幕開けだ、これぞロマンだという人から、月でウサギが餅つきをしていると思えた昔が懐かしいと嘆く人まで、今に比べると日本社会は随分と素朴な頭で生きていけた大人たちでいっぱいで、そのぶん世間はお祭り騒ぎになりやすく、賑やかで幸福な世相だったように思い返されます。

そんな頃に大人だった父もまた、お寺の住職として月面着陸騒ぎの中で、いろんな本や雑誌を読んでは宇宙に夢を広げ、世間の大人たち同様に興奮していたのでしょう。そしてその興奮のなかで印象に残った話を私にしてくれたと思うのですが、その話では「宇宙はもともと在った」という。「え？　それで終わりなの？」とでも言いたくなるような奇妙におそまつなものだったのです。それでも私は、果てしなく広がる宇宙への興味を「宇宙はもともと在った」のひと言で終わらせてしまうあの奇妙な結論に、なぜか、深い印象を与えられてしまったのです。何かそこに不思議にリアルなものを感じたのです。なんというか、言葉以上の情報に触れたような、一片の重要な証言を聞いたような気分だったのです。

事実、あれは、この地球という星に初めて生命が発生したとき、その生命体1号が残したこの世界に対する貴重な証言だったのかもしれないのです。

つまり昔々のある日、生命体2号が、この宇宙のことならなんでも知っている生命体1号に聞くわけです、「あのぉ、昔のことを誰よりも知っている1号さんと見込んで聞くのですが、この宇宙は、そもそもどのようにして出来上がったものなのですか？」と。すると1号は感慨深げに答えるのです、「それがな、2号よ、自分がこの世界に発生したとき、宇宙は、もう、既にあったのだよ」と。そして、それだけ答えて、1号は、もうそれ以上、何も言えなかった。それが仏教の経典に書いてあるという「宇宙はもともと在った」という一節だったかもしれない。そう思ったのです。だとすればそれは、太古の昔から脈々と語り継がれ、古代インドで発生した仏教の経典に記載されたことで現代に残った古い古い祖先の記憶なのかもしれない。ならば、「宇宙はもともと在った」という、あの言葉にまとわりついているものは「これが我々生命体とこの宇宙との精一杯の関係性なのだよ」という、体験者、生命体1号のリアリティー。そのリアリティーが、私に、この宇宙は人類が誕生することなど勘定にも入っていなかった「遥かな昔から」あった得体の知れない場所なのだと、伝えたがっている気がしたのです。我々はもっと、我々が知らない、気の遠くなるようなその時間にもっと目を向ける方がいい、そう呼びかけてくるように思えたのです。

私たちには、この世界が誕生した根源的な理由も、私たち人類が誕生した理由も、永遠に解明することはできないのです。これだけ住みなれた世界なのに、この世界は、私たちにとって、どこまでも果てしなく巨大な謎でしかないのです。そんな不可解な事実の上に私たちは今も立っている。この世界は、いまだに得体の知れない場所なのです。

「私の父なんですけど……」

話し出したのは私の部署の女性部長です。

彼女はつい今しがた、私のカフェの戸口に立ち私に声をかけたのです。

「あのぉ」

「お。どうしました？」

「歩いていたら、あまりにもいい珈琲の香りがしてきたもので……」

「珈琲が好きなんだね……」

「はい」

「じゃぁ、まぁお入りなさい」

「はい」


そんなことで始まった世間話の途中、不意に思い出したように彼女は語り出したのです。

「嬉野さんのお父さんは、まだご健在なんですか？」

「いや。残念ながら亡くなりました。亡くなってもう16年になるかな」

「そうですか……」

「そうなんだよね……」

「あのぉ……」

「うん」

「私の父なんですけど……」

「はいはい」

「死んだときに病室からバタバタ出て行っちゃったんですよ」

「なに？」

「いえ、私の父がですね」

「おう」

「死んだときに病室からバタバタ出て行ったんです」

「や……え～っと……ちょっと待って……それはなに……」

「はい……」

「お父さん……亡くなったんだよね」

「はい」

「なのに亡くなったあとに起き上がったの……」

「いえ、起き上がってはいないんですよ。あ、弟が泣いてまして」

「なに!?」

「弟が……」

「いたの？」

「はい」

「はい。お父さんが、たったいま出て行っちゃったって、弟が泣いていたんです……」

「最初から？」

「あんたも見たの？」

「いえ、私は見てないです。お父さんが出て行くところ」

「が、いまお父さんがバタバタ走りながら出て行っちゃったって、ワアワア泣いていたんです」

すでに20年も前の話だそうで、そのとき彼女のお父さんは病が重く、長いこと入院が続き、担当ドクターの説明では「いよいよでしょう」という時期だったので、家族は病院の近くのホテルに部屋を確保して、そこに寝泊まりしながら代わる代わるお父さんの看病をしていたそうです。

いまでは40代の妙齢のご婦人となっておりますす彼女も、その頃はまだHTBに入社して4年目の20代のお嬢さんであり、弟さんも社会人になったばかり。その日も彼女はいつものように仕事を終えて急いで病室へ向かうと、弟さんと疲れた顔のお母さんがいて、お母さんは寝ずの看病が続いていたので、見かねて彼女は「今夜は私と弟で病室に泊まるから、お母さんは、もうホテルでゆっくり休んで……」と勧めた、その晩の出来事だったらしいのです。

疲れてソファーで横になった弟を残して彼女が席を外したわずかな時間に、お父さんは、いや、お父さんの人生そのものとでもいうのか、なにかそんな実体とも言えないものが、なぜかバタバタという足音を残して、慌てて病室を出て行ったようなのです。ところが、お父さんはそのときまだ亡くなってはおらず、心臓の動きを示す病室のモニターはお父さんの鼓動を捉えていて、その鼓動が途絶え、実際に亡くなってしまうのは翌日の朝のことだったそうです。

私は彼女の弟さんの証言にある、「いまお父さんがバタバタ出て行っちゃった」という、そのバタバタという肉体からの慌てた退場の仕方と、なおかつ、そうやって自分のもとを去って行ってしまう父親の姿に号泣してしまったという弟さんの反応に、なぜだか妙にリアルを覚えてしまい、どうにも興味深くその話を聞いてしまったのです。そこには、別れの哀しさともいえない、なにか、父親の人生そのものを、弟さんが見てしまったというのか、そして見てしまった父親の人生そのものの中に、図らずも父亡きあと、自分へ自分へと連なってこようとするもののあることに気づいてしまったというのか。そこに、弟さんがとめどなく号泣してしまった涙のわけというのが、どうにもあるような気がしたのです。

そんなことを思ったのは、私にも心当たりがあるからです。

あれは私の父の容態がよくないと実家の兄から連絡を受けて、生まれ故郷へ帰ったときのことでした。私は自宅へ戻る前に、まっすぐ父の入院している病院へ向かったのです。病室へ入ると、父は「おぉ、帰ってきたのか」と、意外に元気そうな顔を私に向けてくれ、「昨日、夢を見てな」と、不思議そうな、懐かしそうな顔をして、いきなり面白そうに私に夢の話をし始めたのです。

夢の中で。

気づくと父は薄暗い日本間にいたのだそうです。そこは私の実家の寺の一間で、代々住職が書類に目を通す執務の間だったのです。その部屋の障子戸を開け放てば仏像の並ぶ本堂へ渡る廊下があるはずです。そして、その廊下の向こうには小さい中庭が見えるはず。けれど、そのとき障子戸はすべて閉められており、外光が障子を白く照らすばかりの薄暗い部屋の中で、父は、どうして自分が急に病室からこの部屋へ帰ってきたのか、しばらく分からずにいたというのです。

というのも、そこは父の代にはもう執務の間としては使われておらず、生前、祖父が寝起きしていた部屋としての記憶しかなかったからなのです。その祖父の部屋ともいえる場所に、自分がいまいることを父が不思議に思っているところへ、どこからともなく鉦《かね》を叩《たた》く音が聴こえてきたというのです。それは宗教行列の鉦の音でした。父は、おやっと怪しむのです。たしかにこの寺で宗教行列を行う場合、集まった僧侶たちは奥の控えの間で法衣に着替え、そこから列をつくり、この部屋の前の廊下を通って本堂へと渡っていくのです。けれど、自分の寺で、自分のあずかり知らないどんな行事が執り行われるというのか、いったいこれから誰の行列が通るというのか、そう父が訝《いぶか》しく思っていると、不意に脇から同じように不思議そうに問いかけてくる声がしたというのです。

「お父さん、あれはいったいどなたのお行列でしょうか……」

その声に驚いて振り返った父は、そのとき自分のすぐ横に母がいたことに気づくのです。母も薄暗い部屋の中で、聴こえてくる鉦の音を不思議そうな顔で一心に聞いていたというのです。父は、けれどその問いになにも答えることができず、ただ静々と近づいてくる行列の鉦の音に耳をそばだてるしかなかった。そうするうちにも鉦の音は近づき、とうとう父のいる部屋の廊下にさしかかったのでしょう、すぐ近くでチーン、チーンと鳴り渡るのです。やがて障子戸に行列の僧侶たちの影がくっきりと映り始め、影たちは静かに部屋の前を進んでいくのです。その、障子に映る行列の影を見るうち、父には、その行列が高貴な方の列だとわけもなく察知され、ありえないことだと思いながらも身を硬くして思わず手を合わせ、感激して見送り、さらに驚くのです。その行列の先頭で鉦を叩き進む僧侶の影に、父は見覚えがあったというのです。

「親父だったんだよ……」

父はそう言うのです。宗教行列の先頭で鉦を叩きながら行列を先導するのは、その列の中で、もっとも位の低い駆け出しの僧侶が務めるのが倣《なら》いだそうです。それが祖父だったと父は言うのです。そして「夢であってもオレは嬉しかったよ」と言ったのです。

「たとえ末席であろうと、あんな高貴な方のお行列のお伴に親父は居させてもらえているのかと思ったらな……」と。


それだけの話なのです。


ですが、あれは父が亡くなって、父のお葬式も終わってしばらくした夜のことだったと思います。葬儀の後の事務的なことも一段落して、私は姉と近くのホテルのロビーで珈琲《コーヒー》を飲んでいたのです。そしていろいろに父のことを2人で懐かしく話していて、そのうちに、私は父の夢の話を思い出したのです。

「そうそう、そういえば、お父さんがさぁ、亡くなる前に夢を見たんだって言って、病室で話してくれてさぁ」

そう私は姉に切り出したのです。

姉は興味を持ったのでしょう。「へぇ、どんな夢なの」と聞きたがりました。

「いやそれがさぁ……」

私はそう言って話し出そうとしただけなのです。

なのに、どうしたことか、私は不意に胸の奥から突き上げるような感情に涙が溢《あふ》れ出そうになったのです。

「いや、そうじゃない、そんな泣くような話じゃないんだよ、姉ちゃん」

私はそう言いたいのです。笑って「違う違う」と手を振りたいのです。なのに、それすら言葉にできないほど、どうしようもなく涙が溢れ出て止められないのです。なにかひと言でも言葉を出してしまったら、その言葉とともに涙が溢れ出て私はそれを機に声をあげて号泣してしまいそうな予感がしたのです。そんな私の急変に姉は困惑したような、なにか意味もなくもらい泣きでもしそうな顔になっていたので、いや、そうじゃない、そうじゃないのよ、と私はくしゃくしゃに泣きじゃくった自分の顔を下に向け首を振るばかりで、裏腹に困惑した気持ちのまま、「どうして、どうして……」とただ狼狽《ろうばい》するばかりだったのです。

私はあの夜のことを思い出したのです。

ずっと分からなかったのです。あのときの涙のわけが。私にはずっと分からなかったのです。

でも、女性部長のエピソードを聞いていて、思うところがあったのです。あのときの涙には、あそこにはなにか、私という個人を超えた、この私の血管を流れる血の中に、誰にもうまく伝えられない、私の一族の思いとでもいうのか、一族の無念というのか、情念というのか、その底に隠れた憧れというのか、執着というのか、代々受け渡され、なにかわけも分からなくなった、どうにも得体の知れないものが溶け込んでいて、そのどう考えても私由来のものではない感情を、私は父亡きあと、色濃く抱えこんで、これから生きていくのだと自覚してしまったのかなぁとでもいうような。親父が死んで、この想いはもう誰に共感してもらうこともなく、これからは私ひとりが受け継いで最期の日までこの想いとともに生きていくのだな、とでもいうような、あれはなにか、そんな明らかに自分一代を超えた、出所のわからない、遡《さかのぼ》れるだけの過去から、一族の辿った複雑な想いというのか感情というのか、それがどこまでも増幅されて私めがけてあのとき一時に押し寄せてきたのではなかったろうかと思ったのです。だから女性部長の弟さんの号泣の底に押し寄せていたのも、あれと同じものだったのではと思うのです。

女性部長のお父さんの話には後日譚《ごじつたん》がありました。

亡くなった彼女のお父さんは病院勤務のドクターだったそうで、自分の病気のせいで長いこと放ったままになっている患者さんのことが入院中も気がかりだったらしく、亡くなられる日の朝のこと、そんなお父さんが白衣を着て書類を片手に勤務先の病院の中庭をゆったりと歩く姿が、外来に来ていた馴染《なじ》みの患者さんたちに複数目撃されており、「あら、先生お元気になられたのねえ」と目撃した人たちは口々に「よかったわねぇ」と噂《うわさ》しあっていたというのです。

また、郷里の岩手で小学校の先生をしていた彼女の叔母さんは、お父さんとたいそう仲のよかった妹であり、その日はちょうど勤務先の小学校の卒業式で、和服に袴《はかま》を穿《は》き、式に出席していたところ不意に草履の鼻緒が切れてしまったことから、「あぁ兄さん。いま逝ったんだわと察したのよ」と、これも後日、叔母さんの口から語られたそうです。

となれば、彼女のお父さんは、もう一度職場に復帰しなければ申し訳ないという思いが亡くなる寸前まで強くあり、そのことを多くの近親者が承知しており、しかしそれが叶《かな》わぬとなると、病室を出て、勤務先へ赴き、生前仲のよかった生まれ故郷の叔母さんに別れを告げ、この世界から去っていったという流れのようなものを、人はこの一連の証言の中に探そうとするのではないでしょうか。

もちろん、事の真偽など分かろうはずもなく、それでも私は興味深く聞いてしまったのです。そしてこの手のことは誰もが体験するわけではないけれど、それでも、これに類した不思議な話は昔の文献にも多数散見され、体験者によって語られたものが、その話を聞いた者たちによって語り継がれ、書き記されなどして、どんなに時代が変わっても、この手の不思議な話は新しい時代の中で新たに語られいまだになくならないのです。

そのことを思えば、死んでいった彼女のお父さんも、それを見送った側の人間たちにも、そしてその話を聞いた私の中にも、同様の比重で、この世に生まれた者は誰もが、この世界に対して最後まで強い執着を持っているということが、いまさらのように分かるのです。そうして魂と呼ばれるような不可思議なものになっても、この住み慣れた世界にいましばらくはしがみついていたいとする、その人間の気持ちに私はひどく感動するのです。そして思うのです、ここまで去り難く懐かしいと思えるこの世界とはいったいどのようなものなのか、そして「いよいよ」というときにならなければ、その懐かしい気持ちが素直に湧《わ》いてこない我々人間は、この世界にとっていったいどのような存在なのか、と。

でも、それは、解けない謎として私の前にそびえるばかりです。

それでも、ひとつだけ明らかなことは、そんな不思議な話を聞いたとき、私たち人間は、とくだん嫌な気持ちにはならないということです。

デジャビュと呼ばれる既視感がありますが、あれもそうです。

初めての体験のはずなのに、「あれ？　これって以前にもなかったっけ？」と思ってしまうあの奇妙な感覚。あのデジャビュと呼ばれる、なんとも説明のつかない順番の狂ったような感覚も体験していやな気持ちになるものではないはずです。それどころか、なんともいえない不思議な気持ちで、恐ろしくもなく、不安でもなく。え？これってなんだろう……と、その奇妙な体験をしばらく味わうように反芻《はんすう》するはずなのです。

人は、気分が好いと思えるところには足を止めたくなる。反対に、いやな気配のするところに差し掛かると、長居は無用と足取りを早めてしまう。

だったら、好悪を判断するようなこの人体の反応には意味があるのではと、私は考えたいのです。

なにかを嗅ぎ分けるような、この人間の感覚を、私は、気のせいとか思い過ごしとか意味のないことにしてはいけないのではと思うのです。

ずっと昔から、何者かが、我々に知らせているのです。どこかへ我々を導こうとしているのです。

ありふれたこの日常の中に、我々が気づくことのない大きな存在が潜んでいて、この世界のひとつ外側に、驚愕するような不可思議な世界が広がっているのではと考え始めることの……それはひとつの糸口にはならないでしょうか。

＊　＊　＊

「痕跡」

どうしたことだろう。
昔から「痕跡」という言葉を耳にすると、心が揺れてね。
いたはずの人がいなくなって、
いなくなった人は「なにかを」残していくんだ。
もう30年ほど前のことだよ。
太古の水田跡が発掘されてね。

あれは千年ほど前の水田の跡だったろうか。
その水田の跡に人の足あとが残っていたといって騒ぎになったことがあったよ。
ぬかるんだ土に足あとだけを残し、その人はどこへ行ってしまったのだろう。
遺跡から出てくるのはいつも人が生活していた痕跡だけだ。

千年という気の遠くなるほどの時間の向こう側から、
突然現代に出現してくる古代人の生活。

ほんのさっきまでそこらで当たり前のように騒いでいた人間たちが、
振り返ればもう誰もいない。
飲みかけの珈琲をカップに残したまま。
吸いさした煙草を灰皿に置いたまま。
ちょっと煙草を買ってくるよと言い残し出て行ったまま。
ベランダの洗濯物を取り込んでくるわねと陽射しの中へ躍り出たまま。
「忘れ物はないの?」との呼びかけに、

「大丈夫！」と弾んだ声を残して塾へ出かけたまま……。
もう誰ひとり帰ってこない。
あれから、いったい何千年の時が過ぎたのだろう。
それでも痕跡には、ついさっきまで生活していたと思える彼らの気配が、
いつまでも消えない残り香のように留まっている。

まるでいまでも、あの日のあの人がそこにいるかのように。

13年前のことだよ。
親父の葬儀から戻って、実家の2階にあった親父の書斎に上がったよ。
ベトナムにロケに行く4カ月ばかり前の春先のことだったよ。

書斎には親父が入院してから誰も入った形跡がなく、
部屋はそのままになっていたよ。

畳敷きの部屋に座卓を置いて、

親父は入院するまでこの部屋で日々を過ごしていたそうだよ。

肝臓を患っていた親父は疲労感がとれなくてね、
仕事の合間を見ては横になっていたのだろう。
そうして、あの日も座布団を枕にして横になっていたんだね。
見下ろすぼくの視線の先には座イスがあり、ふたつに折られた座布団があり、
しわの寄った毛布があったよ。

それはたったいままで人が寝ていたと思わせる物の配置でね。
数週間、それは残されたままになっていた。
その配置に、
ぼくは、ありありと横たわる親父を見下ろす思いがしたよ。
あの感覚がいまでも不思議でならない。
もう誰もいないのに、親父が使い残したままの物の配置に、
どうしてもぼくは父親の気配を感じてしまうのだったよ。

あれが、親父の残していった痕跡だった。
たったいままでそこにいたと思わせる、
ただひとつの、
ほかの誰にも再現できない、
親父の痕跡だったよ。

第五段　同じ帰り道の二人

第五段　同じ帰り道の二人

あれは2005年に「水曜どうでしょう」のロケで沖縄の西表島《いりおもてじま》に行ったときのことです。我々は夜更けの上原港で「釣り対決」の撮影をしながら夜を明かしました。

ツアーガイドのロビンソンが「ダメだよ！　そんなに灯《あかり》をつけてちゃ魚なんか来るわけないよ！」そう言って我々を大喝して家に帰って行くものだから、こっちは言われるまま、素直に撮影用のライトを消してしまった。そしたら、そらそうさってくらい辺りは真っ暗になって、カメラにはもう誰も映らない。声だけが飛び交う闇の中で、それでも釣り対決は粛々と続けられ、出演者一同は、昼間の燃えるような陽射しに焼かれた上原港のコンクリの上にすわり、やがてごろ寝して、それぞれ釣り糸を海に垂らしながら、コンクリの放熱に包まれていつしかマジ寝する者まで出てくるほどの激闘ぶりは、番組をご覧になった方なら記憶に残っているところでしょう。

あのとき、夜空には、呆れるほどたくさん、星が煌めいていました。

「夜空では毎晩あんなにギッシリ、星が光っていたのか」「いったい宇宙はどんなことになっているんだ」と、不意に地球外のことに思いを馳せてしまうほど頭上では、夜空を埋め尽くす星々の光る目が、釣り対決を繰り広げる者たちを見下ろしていたのです。

それでも、あの晩はちょうど新月で、あたりはこれ以上ないほどに暗く。
海では蛍光グリーンに怪しく光る南国の海に漂う夜光虫たちが、海水が波を打ち、砕けるたびに夢のように輝き出して、それはそれは幻想的だったのです。

そんな幽玄な環境の中で、撮影本番中とはいえ、カメラは三脚に据えっ放しで回していたので、私は、熱いコンクリの上に仰向けに寝ころがって吸い込まれるような星空を見上げていたのです。

どれくらいの時間、私は星空を眺めていたでしょう。
ふと、夜空の一角におかしな動きをする星を見つけたのです。

いや、星がおかしな動きをするという受け取り方がすでにおかしい。だって、そもそも星が無軌道に動くわけがない。

ところが、私が見上げた、あの星はおかしい。なんであんなに動いているんだ。ぎっしりとうるさいほど星で詰まった夜空の隙間をあの星はさっきから猛烈なスピードで、ちょこまかと、斜め上！　斜め下！　と、壊れたメトロノームの狂った高速運動のように小刻みに、行ったり来たりし続けているのです。

しかし、人間とはおかしなもので、たとえ大いに不思議な現象が目の前で起きていても、あまりにも目の当りに分かりやすく、しかも長時間おかしな動きが見続けられると、驚きはなぜか次第におさまり、動揺は失せ、心は鎮静していくのです。

「なんだ、あれ？　なんであんなふうに見えるんだろ。あ、そうか、これだけ星がぎっしりひしめいているから、光る点々が近すぎて、互いに干渉し合って、そのうち人間の目にはこういう具合に、さも動いているように見えてしまうんだね。これは一種の目の錯覚なんだね。ただまぁ、そうだとするならば、この夜空、どこを見渡しても同じように星でぎっしりなんだから、どこを見たって星が動き出していてもよさそうなものだけど、なんだかさっきからあそこだけしか動かない。あの星だけが、さっきから狂ったように異常な高速で反復横跳びみたいな状態に入ったまま、だけど……そうじゃない……これが目の錯覚というやつなんだ」

とかなんとか、自分を納得させようとする。ところがそのとき、横合いから聞き覚えのあるデッカイ声がしたのです。

「あぁ～オレの目にはいま、星が一個だけ、すっげぇ動いてるように見えてるけど、これは目の錯覚なんだな、いや、すっげぇ動いてる」

なんと藤村くんも同じものを見ていたのです。

「あぁ、あいつも見てやがる」

私は、そう思うと、やっぱり、という気がして妙におかしかった。

なにがやっぱりかは分かりません、でも、妙にやっぱり感があったのです。

あの男も、おかしな動きをし続ける星にずいぶん前に気がついて、ずっと夜空の一角を見上げていたのです。でも、明らかに異常な動きをし続ける星を見れば見るほど、「いや、これはあれだ、オレの目の錯覚だ」という結論に自分をもっていこう、もっていこうとしていたんです。そのタイミングが、あまりにも私と同じで、そこになんでしょう、不思議な「やっぱり感」があったのです。

たしかに、あの星の動きも不思議だけど、あの人と出会ったことも私にとっては人生の不思議です。

「水曜どうでしょう」という番組のチーフディレクターである藤村忠寿という、私より6つ年下の、私とはあまりにも気質の違いすぎる男と、私はすでに20年も机を並べて仕事をしているのです。2人はまるで外国人のように、お互いのお国柄も、文化も、なにからなにまで違う育ち方をしてきた者どうしなのに、「なぜだろう……オレもあの人も、とても似た風景をずっと大事に眺めているような気がする」という予感だけは、ずっとあるのです。

そんな人物と30代の半ばに私は知己《ちき》を得て、以来20年、私とあの人の関係は続いているのです。それでも、20年も一緒に仕事をしていながら、2人で旅行に出かけるとか、家族ぐるみで遊んだりといった仲よしな付き合いをしたことがあるかといえば、「それはないだろう」と書きながら自分で思うほどプライベートでの付き合いはないのです。

これっていったいどんな関係なんだろうと考えたことがあります。

そんなとき、我ながらしっくりいくイメージがありました。

それは、帰り道がなぜかいつも一緒になる2人というものです。

小学校の校門を出ての帰り道。どこで一緒になったか、気づくといつも通りの向こうを歩いている男の子が目について、そのうちその風貌を覚えるようになった。そうやって先を行ったり、後を歩いたり、付かず離れずの距離で、お互い言葉を交わすこともなく歩いているのです。

自分も学校が終わった帰りなんだから、あの子もきっと家へ帰るところなんだろう。それなら、単に帰り道が同じというそれだけのことなんだろうけど、でも、歩いても歩いても帰り道がどこまでも同じだから、そのうちに興味を持ってしまって、向こうも興味を持ってしまって、だんだんお互い知らない相手ではなく思えてくる。なんだかそんな巡り会い方なのではと思うのです。

別に肩を組んで歩いて帰るような、そんな分かりやすい仲よしじゃない。でも、どうしてか帰り道がいつまでも一緒で、これまで何本も分かれ道や交差点を過ぎてきたのに、なぜかあの子もいつも同じ道を曲がる。それは、単に偶然が続いているだけのことなんだろうけど、その偶然がいまだに続いているのはなぜだろうと思ったりする。そうして私の習慣にはないことを道々やりながら歩いていたりする。それを見続けるうちに私は思うようになるのです。

「あの子、さっきからなにしてるんだろう？」

「どうしてあんなことするんだろう？」

この状況が、私に独特の効果を与えてきたように思います。

近年あの方は、急に芝居をやりたいと言い出して、いきなり知り合いの劇団で主役を張って舞台に立っておられたりしますが、そこだけとってもすでに恐るべき人でありますね。ふつうサラリーマンがいきなり始めた芝居で主役はやりませんよ。やっても機能しないですもの。でも、あの方は見事に主役として機能している。いったいあの藤村忠寿という窓から世界はどのように見えているのでしょうか。それは私の一番興味のあるところです。この世界と人間に対して彼はどんな解釈をしているのだろう。

私は子どもの頃から、自分には、どこか行かなきゃならないところがあるような、そんな気がずっとしていましてね。でも行く先なんて分からない。でも、どうしてか、行かなきゃならないんだと、私ひとりはずっと思い込んで生きている。それはまるで使命感のように思い続けているのです。

「そこに行かなきゃいけないんだ」って。

もちろん自分で勝手に思い込んでいるだけのことでしょうから、埒《らち》もないことですが。それでも結局、その勝手な使命感は私が生きる理由になっているのです。なんの弾みか、どこでそんな使命感を拾ったのか、でも気がつけば私は、いつの間にかそう思い込んで、それが生きていく理由になっているだなんて。でも、行き先がどこなのか、場所も分からないところへ、いったい私はどうやったら行けると思っているのでしょう。雲をつかむような話です。それでも私は、「自分には、行かなきゃいけないところがあるんだ」という思いを抱えたままずっと生きているんです。

そういえば、あれはいつだったでしょう。役者をやり始めた藤村くんと話していたときに、役者談義の果てに彼はこんなことを言ったのです。

「役者の良し悪しってさ、たぶん演技じゃないと思うんだよ……」

「え？　どういうこと……？」

「存在感だと思うんだよ。舞台にいるときの……」

「へぇ、だったらその存在感ってのは、どうやれば出せそうなの……？」

「分からない」

期待してその先を聞いた私に、彼はアッサリ「分からない」と言ったのです。

「なんだよ〜。分からないのかよ〜」「肝心のどうすればいいかが思いつかなきゃ意味ないじゃない」「それじゃ、その存在感に行き着けないでしょうが」と、そのときは思ったのです。変な人だな、やりっ放しで済ませるなんて、と。

でも、考えてみれば、私だって「そこがどこだか分からないまま」に、「自分には、向かわなきゃならない場所があるのだ」と、ずっと思い続けているのです。

「へぇ、だったら、どうすればそこに行けるの？」

「分からない」

そうなんです。その場所がどこにあるのか今の私には「分からない」んです。

「じゃぁ行けないじゃない」でも、「行かなきゃならない」んです。

そう思って生きているんです。

実際私は、分からないままにしておきながら、それでもそこへ「行けない」とも「ダメだ」とも思ってはいないのです。ただずっと「行かなきゃ……」っていう思いだけを抱えて生きている。そして、どうしてもそこへ向かおうと思い定めているんです。

ひょっとすると、その場所は道を探し当てて行くようなところではないのかもしれない。つまり、初めから道などない。地図などない。いや、いまはまだ存在すらしていない場所なのかもしれないのです。それは、未来というものが、いまだにないように、です。ただ、「そのときになれば分かる」ことなのです。

藤村くんが「分からない」とアッサリ言った「存在感への道」も、そうなんじゃないかと思ったのです。

人間には、答えが先に見えることがあるのかもしれません。たどり着かねばならない先は「存在感」だとまず予感してしまう。でも、そこへの道順は分からない。ただ、たどり着かねばならないのは「そこなのだ」と分かる。

ならば、重要なことは、どうすればたどり着けるのかではなく、辿り着くべきその場所があるのだという予感だけを忘れず、その場所に出くわす瞬間が自分に訪れるまで、どこまでも生きていくこと。それだけが、予感の導くその場所に辿り着くための唯一の道であるような気がしたのです。

自分の足で歩いていくのだけれど、どこへ向かうかはあたりの気を感じ、導かれながら決めることのように思うのです。そして、その気を感じることができるのが、人間というものなのだろうとも思うのです。

帰り道がなぜか一緒という、ただそれだけの関係で、これまで20年間机をならべてきた私と藤村くんですが、ひょっとするとこの先の人生で、たどり着く風景が同じであると知る時が来るのかもしれない。そんな予感もするのです。

第六段　生き物に慕われる部長なんです

第六段　生き物に慕われる部長なんです

先日、私のカフェに……。いや……。「私の」というか……つまり……私が会社の会議室を占拠して……私ばかりが「カフェだ、カフェだ」と称している私のカフェに……他部署の部長さんが「これ使ってください」と、手回しで挽く珈琲《コーヒー》ミルを置いていきましてね。

「なんでまたこんな手間なものを……」と鬱陶《うっとう》しく思ったんですが、好意は好意としていただいてね、しかたなく。

私は珈琲を淹《い》れるたびにハンドルをぐるぐる回してゴリゴリと豆を挽くはめとなり、いいかげん腕が疲れて大儀です。

ところが、驚いたことに挽きたての豆で淹れた珈琲は、正直、美味《うま》かったのです。

その味を知ってしまったいま、私はもはや後戻りできなくなり、なりゆきとはいえ、まことに毎日ゴリゴリゴリゴリゴリゴリと恨めしい。

で、私に珈琲ミルをくれたこの部長さんですが、福屋渉《わたる》さんというかたで。ご実家が札幌近郊の酪農家でね、私も幾度かご実家にお邪魔したことがありますが、いまは代替わりされて、弟さん夫婦が家業を継いでおられます。たしか乳牛が１００頭ほどいましてね、モーモーモーモーと鳴いて大変なものでございますよ。

で、まぁ鳴き声のほうは時にのどかなんですが、牛はなにぶん図体のデカい生きものでしょう。存在感だけはやけにある。あの存在感ある生きもの１００頭の世話をする。これは大変ですよ。

だってね、生きものの世話に日曜日も休日もありませんからね。休日だって当たり前ながら牛はメシを食います。生きているわけですから体調も崩す、病気にはなる、仔牛《こうし》は産むで、酪農家は日々緊張感満載の中、仕事は年中無休、家族旅行などに出かけられるはずもなく、一家の毎日は、ひたすら牛の世話で明け暮れるわけです。

となるとね……盛んにプライベートを楽しむ今のような時代には、第一次産業というのは実に大変な仕事ということでございますよ。もちろんそれが理由ではなかったでしょうが、福屋渉さんは家業を継がず、牛100頭の世話は弟さんに任せ、ご自分はテレビプロデューサーという肩書きになりまして現在に至るわけで。でもまぁ、こういう言い方をしますと、ご本人ピリッとした反応をなさいますね。

「別に弟に押しつけたわけではないです」

そんなことを言われます。

こっちはそんなこと微塵《みじん》も思ってないのに渉さんは、そこは安易に触れてほしくないとでも言いたげなピリッとした顔をなさいますから、私は逆にそれが面白かったりするもんで、ことあるごとにチクチクと実家噺《ばなし》に水を向けますと、そのたびにあの方、律儀にピリッとされますもんですから、正直、面白くてやめられない。だもんですから、ここにもこうして書いておるわけで。

そんな渉さんに私、少し前になりますが、ご実家の話を聞いたことがありますよ。いや正直よく分かんなかったんです、牛の乳を搾って牛乳にすることで儲《もう》けていくってことの仕組みがです。

いや、そもそも酪農家ってどうやったら儲けを増やしていけるんだろうとか。酪農家はどこを目指して知恵を絞ればいいんだろうってことが、よく分からなかったのです。

だって、日々、牛の世話をして乳を搾ってそれを売ってお金に換えるわけなんだろうけど、じゃあ年々収益を上げていくためには牛の頭数を増やして牛乳の量を増やすしか手がないのだろうか。でも、それだったら労働力も手間もそのぶん増えて維持費もかさむ。そんなら採算はどうなるんだろうとか初歩的な疑問があったもので、この際ちょうどいいやと思って渉さんに気軽に聞いたことがある。

そのとき聞いた話の中に、私は、なにやら「あっ!」と気づくところがあったのです。つまり酪農の話を聞きながら、その酪農の話の中に、酪農とはまったく違う「気づき」を得たということです。

その話をね、これからしてみようと思うのです。

彼に酪農の話を聞いたらば、「いや、酪農家の家は大変なんですよ」と彼は語り始めたわけです。たしかに家業のあるお家の子どもは、小さい頃から労働力として親に使われますから「そら大変でしょう」と答えますとね、「いや、中でも酪農家の家は大変なんです」と彼は重ねてくるわけです。大変な上にも一番ということを言いたいらしい。

彼ねぇ、そういうところあるんです。彼ね、細かいことを言えば、エレベータに乗るのでも一番に乗り込もうとしますね。誰よりも先に大股に足が前へ出るんです。降りるときもそう。一番に出ようとします。大股で。

あれはなんだろう、性分でしょうか。酪農家は常に牛の先頭を歩くことが習慣になっているとでもいうのでしょうか。

でも、彼の場合、それが嫌味じゃないですね、チャーミングなんです。あれって一番になりたがりなところを隠そうとしないからでしょうかね。彼、基本ビビりなんですが、それも隠そうとしない。いや、誤解のないように書いておかないといけないので書きますが、彼、見かけも中身も敏腕なんです。実力者なんです。本当に珍しいくらい仕事のできるプロデューサーで。それで長身ですから、見てくれもスラッとしたスタイルで、その上に地黒なもんですから、紫外線に関係なくオールシーズンで顔が黒い。これが季節を問わず、人に精悍《せいかん》な印象を与え続けるんです。実際、実力のある人だから、仕事でもプライベートでも頼りにしておりますので、我々もドラマをつくるときには彼にプロデュースをお願いするんです。そんなですから、方々から「キャップ！　キャップ！」と慕われる。そうそう、なんだかね、妙に生きものに慕われる人なんです。学生時代はずっと野球部のキャッチャーでね、キャプテンだったそうですしね。それでいまだに通称がキャップ。

そのキャップこと福屋渉が語ったところによれば、牛乳は品質を上げることで買い取り価格が上がるのだそうです。

「じゃあ、その品質を上げるためにはどうするんですか？」と聞きますと、血統のよい牛と掛け合わせをするのだそうですね。そうやって良質の乳を出す遺伝子を持つ種牛と掛け合わせれば、生まれてくる牛はやっぱり美味しい乳を出してくれるんだそうです。

動物の世界の優秀、非優秀というのは血統なのですね。だから血統で牛乳の品質向上を図っていけば、牛乳の買い取り価格を上げることができて、酪農家は同じ労働量のままで全体の売り上げを伸ばすことができる。なるほど、となると酪農家は牛の世話だけしていればいいというものではないとなる。牛の世話をしながら、同時に優秀な遺伝子を持つ種牛を探すための情報にも敏感にならねばならない。つまり、ごく自然な流れとして酪農家は世界へ向けアンテナを張るようになるということです。

血統のよい牛の種付けはそれなりに高額なので、少しでも自分に有利に事が進むように商談相手より情報に長《た》けているに越したことはない。となると、これはかなりなインテリジェンスを必要としてくるわけで、いきおい酪農家は必要に迫られ自然と情報に敏感な頭になっていく。もしくはそういう頭脳の人でないと酪農経営は務まらないのかもしれない。

そうやって交渉ごとが多くなれば、対人的に緊張感のある場も踏み慣れてくるので、そのうち酪農家は牛だけでなく人間にも精通するようになっていくのかもしれない。

牧草地ひとつにしても考えなければいけない。牛の食べるに任せていては、土地が牛たちの重みに踏み固められて、いつしかめっきり痩せていくのだそうで、そうならないよう酪農家は、今年牧草地だったところは翌年は畑にする。そうやって固まりかけた土をまた耕して、盛んに空気を鋤《す》き込み同時に牛の糞も鋤き込んでふかふかにして、土地が痩せるのを防ぎながら麦などを植えたりする。こうして酪農家は牧草地と耕作地を毎年入れ替えながら土地を維持し、牧草を維持し、牛を維持する。どうにも酪農家というものは、かなりな目配せをし、相当に工夫を凝らしているようで、聞いていると酪農家たちは実によく考えているのだということが分かってくる。こんなにまで、日々考えて↓工夫して↓対応して↓乗り越えてと繰り返す酪農家というものは、日頃の経験の中からこの世の大事なにかも人知れず獲得しているのかもしれないとすら思えてくる。中でも私が一番感心したのはキャップの次の発言でした。

「エサやりが重要なんですよ」

「エサ?」

「かなり気を遣うんですよ」

「え? だって決まった量をあげればいいだけのことでしょう?」

「いや、そうなんですけどね。でも、牛も人間も一緒ですから。いろんな性格のやつがいるんですよ。図体がデカくて気性の荒いやつとか、おとなしいやつとか、とにかくズルいやつとか、要領のいいやつとか悪いやつとか、そういう性質がね、一頭一頭違っているから、たとえばすでに食い終わっているのにまだ食べてないふりをして、ねだってまた食べようとするやつとかいるんですよ。牛だからって、みんなおっとりしてるわけじゃないんですよ。おとなしいやつのエサをこっちが見てないときに横取りするやつとかもいますしね。牛もいろんな癖の強いことをしてますから、そのあたりを、こっちがちゃんと見ていてやらないと、エサやりが一頭一頭行き届かなくなるんですよ。もしそれで食べそこなう牛が出たり、逆に食べすぎて体調を崩す牛が出たりしたら、牛たちの栄養状況にばらつきが出ますからね。そうなると、結果的に肝心の牛乳の品質にばらつきを出すことにつながります。だからエサやりは大事なんですよ」

話を聞きながら、私はだんだん面白くなってきたのです。だって、途中から酪農の話じゃなく聞こえてきたのです。つまり、生きものの話。いや、これは人間の話でもあるだろうと思えてきたのです。

「いろんなやつがいるんです」

キャップは当たり前のようにそう言ったんです。その言い方はつまり、彼がそれら牛たちの性質のすべてを肯定しているということです。ありのままを受け入れている。

「いろんなやつがいるんですよ」

キャップはどの牛の性質も否定しないのです。好きだ、嫌いだ、馬が合わないという相性などは問題にせず、困ったやつだけど、でもいろんなやつがいるのは当たり前のことで、それを受け入れるのは大前提のことですよと言っているようなものです。

そんな目線を持てるのは、すべての牛に目を配って品質の良い牛乳を生産させていくのが酪農家の仕事だからという、全体を俯瞰《ふかん》して見る視野を獲得しているからです。

酪農家は、どの牛にも品質のよい乳を出してもらわなければならないのです。ならば、一頭一頭違う牛の性格に付き合うのは酪農家としては当たり前のこと。それは澄みきった青空のようにまっすぐな理解ではないでしょうか。

いまある手持ちの、これはみんな自分の資産だから。自分の手持ちはこれだけだから。そこにどんなでこぼこがあってもみんな大事。この手持ちの資産だけで、最大の効果を発揮させる。それが自分の仕事。

自分が牛たちを支えることは、最後に牛たちが自分を支えてくれることにつながる。ならばそのために自分はいまどうするのが好いのか。そういつも考える。それってなんかカッコイイ。その姿勢ってなんか気持ちいいです。

牛であろうが人であろうが、性格や性質は変えようがない。でも仮にどんな性質の牛であろうと肝心なところできちんと仕事さえしてくれれば文句はない。命の生まれつきを矯正《きょうせい》しようなどとせず受け入れる。そして、そのままのそいつらとともに生きていく。それが酪農家の立つ地平なのでしょう。だからこそ酪農家は、牛それぞれの性質に付き合い、個別対応で世話をして、牛それぞれの状態をよくすることに努めるのを自分の仕事だと理解するのです。それさえ怠らなければ牛は応《こた》えてくれる。ならばすべては酪農家のためになることなのだとする発想です。

そういう思考の順番を経て、酪農家はどの牛にも品質のよい乳を出させ、全体に貢献させようと牛の世話に明け暮れる。

しかし話を聞くうちに、私は一頭一頭違う牛の性質を当然のことと受け入れ、一つひとつの性質に合わせた世話をしながら、最終的に全頭に貢献させるように仕向けるという、この酪農家の、全体を視野に入れた目線というものが、まるで部下を前にした上司の目線そのものではないかと思えてきたのです。

いや、それればかりか、いまこの人から聞いたこの話は、いまこの話をしてくれたこの人自身の仕事ぶりそのものではないかと、私はさらに気づいてギョッとしたのです。

この人はひょっとすると、テレビ局に勤務して、牛から人間相手の仕事に変わって20年以上経ったいまもまだ、心のどこかで牛の世話をしているのかもしれない。そう思ってしまったのです。

もう少し考えていきたいと思います。

キャップは少年期のこんな思い出話もしてくれたのです。

「うちに臨月の牛がいたんです。ぼくが小学6年生の夏です。まだ予定日ではなかったんですが、うちの両親が婚礼で揃《そろ》って出かける日があって、その日はぼくだけで留守番しなければならなくなって。いやな予感がしたんですよね。朝から、牛舎からそいつの鳴き声がするようでね。両親が2人ともいないこんな日に、もしあの牛が産気づいたらどうしよう、そればかりが恐怖でした。牛だからといって、必ずしも自然分《ぶん》娩《べん》ですんなり生まれるとばかりは限らないですからね。出産がうまくいかないときは人間が手助けしてやらなければいけないんですよ。でも、ぼくにはそんな経験ないですから。そしたら案の定ですよ。お昼を過ぎた頃におかしな鳴き声がし始めましてね。あぁ、やっぱり出産が始まったと思いました。そっからはもう心臓バクバクですよ。やがて牛の鳴き声が悲鳴みたいになっていくんです。どうもうまくないんです。苦しそうなんです。なんかあったんです。もう逃げたくなりました。怖くて。でも自分しかいないから。放っておけない。へたすると仔牛だけでなく親牛も死ぬかもしれませんから。見殺しになんかできませんよ、そんな怖いこと。でも修羅場に長時間立ち会うなんてのは、考えただけでも恐怖です。だから親牛の悲鳴のする牛舎まで歩いてくときの恐ろしさったらなかったです」

「牛舎へ行ったら仔牛の足だけが見えていました。出産は、まずいことになっていたわけではありませんでした。でも、なかなか産めないでいるようだったのです。人が手助けをしてやらないといけない状況だったんです」

「それ以前にも牛の出産に立ち会う親父の姿を傍で見ていたことはありましたから、それを必死で思い出して、出そうになってる仔牛の足をつかんで思い切り引っ張って、あとはもう夢中でね。おかげで無事に生まれてくれたときは、ほんとにホッとしました。外から帰ってきた親父は、とくに褒めてもくれませんでしたけど。あれは忘れられないですよね」

キャップの言う恐怖というのは、おそらく、自分のものでないたくさんの命が自分の手の中に委《ゆだ》ねられているという恐怖です。どうして自分なんかの手に生きものの命が委ねられているのだろうという違和感です。「そんなもの、責任なんか持てるはずもないのにどうして託されるんだ」という現実への心優しい違和感です。

彼は、そのことを考えすぎるくらい見つめて酪農の家で成長してきたのです。

きっと毎朝、もの言わぬ牛の眼が、少年の日のキャップを見つめていたのだと思うのです。それは100個200個というおびただしい数の物言わぬ牛の眼です。キャップが幼少期に刷り込まれたのは、そのまっすぐな眼に嘘《うそ》をつくことの恐怖ではなかったろうかと思うのです。

まぁそのあたりはね、私の勝手な解釈および捏造《ねつぞう》なんですが、でも、おそらく間違いはないと思ってます。だから彼はいまだに生きものに嘘をつけないでいるのだと思うのです。

彼は仕事相手を決めるときは吟味するといいます。「あなたに共感します」と心から思える、嘘をつく必要のない人と仕事をするという意味で。

「仕事相手に対して、プロデューサーという立場のぼくは、ギャラを支払う立場ですからね。それってその人の生活の一端を手助けすることになるわけですよね。その人には家族がいて、つまり付き合いを始めたら、その人ひとりの話では終わらないんですよ。だって、その人も家族を養ってるわけだから。ひとりの仕事相手にしてそうなんですから、2人、3人と増えるだけで家族のことを思えば、そのたびに何倍にも膨らんでいくんですよ。だから仕事での付き合いを一度始めたら、それは長く続くようでなきゃいけないじゃないですか。だから『誰と仕事をするか』それを決めるときは、人は選びますよね。末長くお付き合いできる性質の人でないとね」

仕事相手に「生きもの」をイメージして付き合う。そんな発想のプロデューサーって、いるんでしょうか。「それってまるで酪農家そのものじゃないか」と私は思ったのです。

おそらく彼は、家業の酪農を継がずテレビ局でプロデューサーという立場にあるいまも、本質では、いまだに牛の世話をしているんじゃないのかという気がしたのです。

テレビ局にあって、プロデューサーという職責で外部の仕事相手に報酬を支払うという立場にあるだけなのに、自分のものでない命がどうして自分の手の中に委ねられているのだという違和感を、彼はいまだに持ち続けたままなのです。終わっていないのです。いや、終わらないのです。酪農家の家を出ても。牛の世話を放棄して何十年経とうとも。終わらないのです。終わらないから彼はいまだに本質のところで牛の世話をしている。この終わらないもの。人の個性とは、これを言うのではないでしょうか。終わらない、終わらせられないなにかです。

では、なぜ終わらないのでしょうか。それはやはり、幼少期の環境が「その人の考え方」を決めてしまうから。どうしても私には、そんな気がするのです。

キャップの話を聞きながら、もうひとつ気づいたことがあるのです。それは、生きていく環境には、つまり生活の中には「反復があるのだ」ということです。「人間は反復しながら生きているのだ」ということに、私はいまさらのように気づかされた気がするのです。

「あぁ繰り返すからなんだ……」と。

つまり家業を持つ家庭の場合はとくに、毎日行われるルーティーンの仕事があるのです。だから作業は反復されがちです。そして反復、繰り返しは、結果的に私たちの脳のある領域ばかりを、同じ道順ばかりを繰り返し繰り返し使い通うことになるはずです。その繰り返し使う脳のある部分、あるルートだけが当然のようにいつも熱を持つから、まるで草むらに「けもの道」ができていくように脳の中に電流の流れやすい道筋ができてしまう。その道筋がいつの間にか電子回路のように確立され、浮き上がり、後年、大人になってからも、物事を処理する場合には、おのずとその回路に電流が流れるようになってしまうから、知らないうちに私たちは子どもの頃に繰り返し見ていた風景の中に立ってしまう。つまり、キャップ本人は気づいていないけれど、おそらく彼はいまだに牛の世話をしている意識の中にいるということです。

酪農の家に生まれついたキャップは、子どもの頃に、来る日も来る日も繰り返さなければならなかった牛たちの世話をするという日常のなかで、身体を動かしながら、同じことばかり考えていたはずです。

「自分のものでない命が、どうしてこんなにたくさん、自分の手に委ねられているのだろう」と。

そして彼が、繰り返し繰り返しそのことを考え続けてしまったのは、一向に答えに辿り着けなかったからです。だから彼はきっといまだに考えている。

こうして、「自分のものでない命がどうして自分の手に委ねられているのか」の答えは得られないまま、それはやがてキャップの生涯の命題になっていくのです。しかし一方、「なぜエサやりが大事なのか」の理解は、牛の世話を経験することの中から順次納得できたはずなのです。彼が順次納得できたのは、本当にエサを横取りする牛や、エサを食いそこねる牛を自分の目で見てしまったからです。そして、なんとかしなければと思ってしまったからです。だから彼は、子どもながら、それに対応しなければならない必要性を実感し、対応する術《すべ》を親から教わり、実行した。その経験は彼に小さな成功体験をいくつももたらしたはずです。そんな体験を繰り返す中で彼は幼少期を生きものとともに過ごし、その時間の中で、「生きものは、きちんと世話をすれば、ちゃんと応えてくれる」ということを知り、彼は「生きものと付き合って生きていく自信」を獲得したはずなのです。

「人は生きものと向き合うとき、生きものになにをすればいいのか」

彼は、そのことを経験的に知っていたからこそ酪農の家を出てテレビプロデューサーという立場になってからも、自分で気づかないうちに、人間を「牛」と同じ「いきもの」と見て親身に世話をしてきたのです。困ったときは無意識のうちに、幼少期に牛を世話したときの成功体験を思い出し、牛のように世話をするうち、彼は、人間の扱いにも成功したのだろうと思うのです。

その成功は、いまも彼をモーモーモーモーと慕う仕事仲間が社外にたくさんいることからも容易に分かることです。

時代が変われば社会も変わり、人の情けも変わってゆくのかもしれませんが、でも、一切がどう変わろうと、キャップに刷り込まれた酪農家の視線は、きっと彼を「自分ひとりだけが生きていればよい」という風景の中に置いたりはしないと思うのです。彼の眼に映る風景の中には、いまでもやはり牛たちがいるのです。みんなデコボコといろんな性格だけれど、そのままのそいつらを上手に使って一緒に繁栄していこう「いきもの」とともに。そこに自分の人生の幸福があると彼は思ってしまうはずなのです。だから、彼には、人間たちの世話をして生きて行くのが自分の生きる道であるように思えてくるのです。彼はいまだに牛に会えば身体をさすり、草を食わせるという、そんな牧童のような風景の中に、相変わらずいるのではないでしょうか。だからキャップの視線の先が分かる牛たちは、彼を慕って寄ってくるのです。まぁ牛というのか……いまは人間が相手なんですけどね。

でも、たぶんそうかなと思うとね。なんだ、世界はどこまでも素朴な気持ちが支えていくんじゃないかと思えて、私は不意に嬉しかったのです。

でも。本当は、そこに……、その人がどうしても向かってしまう方角に……、その人に刷り込まれた頭の中のけもの道に……、その人の子ども時代の風景の中に……、その人が獲得したその人の道しるべがあるのではないかと思えてしまうのです。人類がこの地球という星でこれからも繁栄していくために、その人が生涯をかけて果たさねばならない役割があるのではないかと。どうしても思えてしまうのです。

と、そんな風に福屋渉さんのことを書いてからすでに4年が経ち、部長だった福屋さんは今やＨＴＢの取締役となりましたが、相変わらず牛の世話をする意識だけは変わることがないようです。

第七段　池の鯉、池のカメ

第七段　池の鯉、池のカメ

私のカフェには、相変わらず客足もなく、たまに同じ部署の女の子がご機嫌伺いに来てくれる程度です。

「今日も暇そうですね？」

「人間、暇なくらいがちょうどいいんだよ」

「このカフェ、なかなか入りづらいですよね」

「その入りづらいところを、入って来るかどうか自分で決意する場なんだよ、ここは」

「そうですよね……」

「おめぇはどう思うの？　おっさんが仕事もしないで会社でカフェやってるって……」

「好いと思います」

「あら、そうなの？」

「はい」

「まぁな、おめぇもここだったら、ある程度、愚痴も言えるしな」

「あたし、なんだかこのごろ自分がなにやってるのかよく分からないんです」

「そんなのおまえ。オレだって分からねぇよ」

「そうですか？」

「そうだよ」

「そんなもんですかねぇ……」


「おまえなぁ、知らないだろうけどな、オレなんてなぁ昔から言われるよ」

「なにをですか？」

「『どうでしょう』のことが大好きな人いるだろ？」

「はい」

「仕事関係でもたくさんいるんだよ」

「まぁ、そうでしょうね」

「そういう人たちがね、『どうでしょう』のことを褒めてくれるときにね」

「はい」

「最近は言う人いなくなったけど、昔はね、嬉々《きき》として言ってくれてたもんだよ。

『いゃあ、ほんとに〝どうでしょう〟って面白いですよ。あのぉ、思ったんですけど、〝どうでしょう〟って、あれラジオなんですね！』……って……な……」

「ラジオ……」

「ほら、番組の中で交わされるコメントが面白くてね、間がよくてねってところが番組の真骨頂みたいなところがあるだろ。だからさ、ラジオみたいに耳だけでも楽しめて、そこがテレビを超えているっていう意味で、『ラジオなんですよね！』っていう褒め言葉になるんだろうとは思うんだけどね」

「あぁ……なるほどね……」

「でも、おまえな」

「はい」

「目の前にいるオレは、あの番組でカメラを担当している男だよ」

「あぁ……」

「分かる？」

「なんとなく……」

「その男を前にしてね、ラジオなんですよね！って熱弁を振るわれてもね、そらおまえ、オレは素直には喜べないだろ？」

「まぁ……たしかに」

「でもな、おまえ」

「はい」

「オレの前で興奮気味に熱弁を振るってくれてるその人に悪気はないの」

「はい……」

「その人は、これは面白いぞという感動のあまり自分が映像を見ているということを忘れてる」

「そうですね……」

「でもな……そこに気づいたオレはさらに思うわけだ……それってのはつまりあれ？オレの仕事はそんなにも印象に残らないってことね？ってな……」

「……」

「この場合、オレがそういう受け取り方したら、オレは大人気《おとなげ》ないかい？」

「……」

「よう？」

「……はい」

「大人気ないか？」

「……はい……いや」

「好いだろう、それくらいはもう……大人気ない受け取り方しても、なぁ」

「そういうとこって気にしてるんですね」

「当たり前だろ？　こっちは小っちぇ人間なんだから」

「たしかに」

「たしかにじゃない……」

「すみません……」

「オレとしてはねぇ、あの番組のカメラの人ね」

「……？」

「オレだよ」

「あぁ」

「あのカメラの人のカメラワークね。あれはなんとも好いカメラワークだと思うよ。ほんとに思う。『どうでしょう』という番組はね、あのカメラワークがあのように独特であり、かつ単純であり、狙いが限りなく適切だからこそ『ラジオなんですよ！』

なんて呑気《のんき》な印象で見てられるんだよ……」

「……」

「聞いてんのか？」

「え？……あ……聞いてます……」

「カメラってものはねぇ、撮り方を間違えたら笑えないものになるんだよ。その場にあった可笑《おか》しみの構造が再現できなくなるの。笑いが死ぬの」

「……」

「……」

「……は？」

「死ぬよねぇ？」

「……死にます、死にます」

「だったらそれはテレビってことなんだよ。ラジオじゃないの」

「やっぱりそこ、こだわってますよね……」

「まぁしかし……」

「はい」

「だからといってだ」

「……」

「あのカメラワークが努力と研鑽《けんさん》の結果なのかといえばね」

「はい」

「たしかに、そんなわけはない」

「はい」

「…そこ、はいじゃない」

「……はい」

「あれはおまえ、ただその場の気分でやってるだけのカメラワークだからね、あんなカメラワークにプロのこだわりもなにもないというのはたしかにそうなの。ていうか、あれはプロの仕事でもないよ。あれは素人の仕事。だってオレね、『どうでしょう』で20年近くカメラ担当だけど、じゃあもう立派にカメラマンかと言ったら、いまだにあの番組以外でカメラが振れる気はしないもの。だからあれは永久に素人の映像なのよ」

「そうなのかなぁ……」

「そうだよ」

「……う～ん、でも……それは、嬉野さんのカメラワークは承知した上でね、それでも音声だけ聞いていても面白いから、そこには驚かされるってことを言いたいんであって……それはぁ……」

「それにオレねぇ、昔からよく聞かれるんだよ。『『どうでしょう』での嬉野さんの役割はなんですか？』って。なんですかもなにもな、まず、カメラ担当してるだろって思うけど、そんなふうに聞きたくなるってことは、オレのカメラは、あれは役割なんてものではきっとないんだろうね、みんなの受け取り方としてはさ。オレのカメラワークにそんな比重があるとは思えないんだろうね。ただ漫然と映してるって印象なんだろね。だって家庭用のビデオカメラで撮影してるんだから視聴者のみなさんにしてみればカメラマンも使わないで素人が撮影してる適当な番組っていう気楽な受け取りなんだよな。でもだからこそ、そこで生じる受け手の油断からあの番組は楽しく見られているかもしれないわけで。そんなら、オレがそんなとこでこだわりを見せるのは、番組としては得策ではないのかもしれない」

「……」

「だったらなぁって、オレは思うようになったんだよ」

「……」

「オレは、あの番組でとくに役割ってものはなにもないってことなんだろうなってな。あの場にいるだけだなって。いっそのことそう結論してしまえば、案外それが一番素直に受け取ってもらえる『嬉野さんの役割ってなんですか』という世間の疑問に対する答えになるんだろうなって」

「……」

「つまり、あの番組のカメラワークなんて仕事のうちには入らないでしょうというのが世間の認識なら、むしろオレはそれに乗っかって『そうなの、オレなんにもしていないのよ』って言ってあげたほうが『やっぱりそうですよね！』って、一番納得されやすい答えになるんだなって、この頃はそう思うね」

「……」

「いや、実際のはなし、たしかにオレって真実なにをやっているんだろうって、あるとき自問自答したんだよ……そしたら、たしかに大して思いつかなかったわけだ、これが。自分では『オレだってやってるだろうよ』って思ってるわりにね。具体的に思い出そうとしたら思い出せなかった。ということはさ……世間の認識ってものは、あながち間違っちゃいねぇんだなと……オレも考え直すところがあったというね……反省ってやつ？　そうかそうか……と。だったらもう、とくになにもしてないっすね～

という結論は正解なのかもしれん」

「……」

「そう思ったとき、またさらに思ったんだよ」

「……」

「じゃあ、どうしてね、なにもしないままのオレが、なにもしないにもかかわらず、20年もなにもしないだけの男なんだろう？　って……。20年近くもさ……。20年だよ……。あの番組にとどまっているんだろう？　って……。20年近くもさ……。20年だよ……。どまっていられるのさ？　ってな。それはなんだい？　藤村さんが優しいからかい？　バカを言うなよ。あの男が使い道のない男を置いておくなんて殊勝なことをするはずがないよ。それはオレが一番知ってるよ。な……。ということはさ、きっとオレは何かしてるんだよ。それも相当なことをしてるんだよ。たぶんしてるの。それをあの男は知っているから、オレは20年もあの番組にとどまっている。そうな。それはどうやら事実のようだな。じゃあ、やっぱりなにかしてる。そりゃそうだろう。なぁ。ただ……オレがなにをしているか……それは藤村くんしか知らない。そして、あの男もいちいち具体的には覚えてはいない。そうな、それだな。と……オレは思ったわけだ」

「……」

「そんなふうに考えを辿っていくとね。さっきおまえも聞いてたけど。真実、自分がなにをやっているのか。どれほどの役に立っているのか。それはさ……おそらく自分には分からない生涯の謎なんだよ。ということはさ、考えても分からないものなら、おそらくそれは、知らなくていいことなんだよ、きっと……」

「あ、そこに結論がいく的なですか……」

「そうよ……」

「はぁ……」

「ほら、この頃オレ、出張が増えただろ?」

「はい」

「あれ、いつだったっけかなぁ……東京でポッカリ時間ができてね、陽気もよかったから下町の風情の残るところへ出かけて散歩したことがあるんだよ」

「はぁ……」

「そしたら歩いてる道の脇に日本庭園があってさ、見るとね、その庭園、都だか区だかの所有でね。入園料も150円とやけに安いんだよ。なんでも明治の頃にできたものでな、さる有名な実業家が別邸的に建てたお屋敷のお庭だったそうなんだけど……それが戦後に払い下げられて、いまや庶民が気軽に入ることのできる庭になっていたんだね。そこに入ったの」

「暑くもなく寒くもなくという好い陽気の頃でね。入ってみたら中は意外なほど人で混み合ってる。でもまぁ、明治の頃の庭園とは言ってもね、そこは現代の東京のど真ん中さ。ぐるり見上げれば高層ビルがニョキニョキそびえていて誰かに覗《のぞ》かれてるようで落ち着きはしない。けど、それでも庭園を見渡せば、枝振りの好い松の緑やら趣のある庭石の肌艶《はだつや》のよさやらとね……。日本人の心落ち着く風情がそこには展開していて目を楽しませてくれたんだけど、まぁそんなものは束の間でね、こっちはとくに作庭に造詣が深いわけでもなくだ……。回遊式の庭園だったから歩き回っていたこともあって、そのうち疲れてきてな。もはやどこ見ていいのやら分からなくなってくるからね……適当に飽きてくるわけだよ」

「そんなときに目に入ったのが池だったね。池には鯉《こい》がいるでしょう。見たらバッシャンバッシャンえらい勢いで跳ねている。したらその鯉がまたデカイんだよ。おまけに真っ黒で、ぷりぷり肥え太ってて、魚屋の店先に並んでる魚の5倍くらいはあるんだよ。そんな普段見馴《みな》れないような巨大な鯉のサイズ感にギョッとするくらいでさ、一瞬怯《ひる》みそうになるのよ。おまけに鯉は目つきがうろんでさぁ、そんなやつらが池に投げ入れられるエサに群がって水しぶきの飛び散る中で大口開けて熾烈《しれつ》を極めるもんだから、恐怖でガキが泣くくらいなんだよ。泣いてんだもん女の子が、帰りたいって」

「鯉は獰猛《どうもう》なんだなぁって、そんなこと思いながら池に寄ってくとさ、いまや池のまわりには人が群がりひしめくようだよ。それらが全員池を覗き込むようにして鯉を見てやんの。やっぱり考えることは一緒だよねぇ〜ってオレは思ったね。いまやこれ以上には現状を楽しめなくなり、日本庭園に対してどう自分を処していけばいいのかを見失って道に迷い出した見識のない連中がね……オレも含めて列をなしてだ、ただだすがるように池の鯉に救いを求めて群がっているわけだ。『あぁやっぱり分かりやすくひょいひょい動いてくれる即物的なものは好いわぁ……ありがたいわぁ』みたいな感じだね。地獄に仏だよ。全員手を合わせて鯉に対して合掌だよ」

「ところがね。実際に池を覗き込んで新たなる事実に気づくわけだ」

「池には鯉だけじゃなくカメもいたんだよ」

「たしかに庭園の名石の上で日がな甲羅干しをしているカメには、ある種の風情があるかもしれない、絵になりそうな気もする。でも、池で泳いでいるこのカメはどうだ。だいたいクサガメは泳ぎも下手だよ。なんだか疲れ果てたおっさんの立ち泳ぎみたいなていで、手を左右にふらふら出して泳いでるふうだけど、すぐ脇をスイスイ泳ぐ鯉の力強さと比べてみれば、カメごときが鯉と一緒に池にいることすら場違いに思えてくるわけだ。だいいち、せっかくお麸《ふ》がな、誰かが投げ込んだエサのお麸がな、顔の傍に落ちてきたのにカメはそれをかじれない。うちにもクサガメがいるから分かるけど、カメってのはねぇ、パクッといかないんだよ。ゆ〜っくり口を開けはするんだけど、うまくかじれないもんだから、開けた口を閉じるたんびにお麸は水の上を押されて横滑りしていくのよ」

「そこへ鯉どもがドヤドヤやって来たかと思ったら、あっという間にお麸はひと呑《の》みだよ。もうね、掃除機の口みたい、鯉の食いようったら。スッポーンって音がしそうな勢いであたりの池の水ごとお麩を呑んじめぇやんの。ボコって。もうね、あっという間。勝負にならないのよ、一方的すぎて。そしたらそこへまたお麩が亀の口のあたりに落ちてくるでしょ」

「だけどカメもね、そうは見えて心には急《せ》くところがあるようでね。お麩だ！って思うのか焦った手の動きをさせては、お麩へ向けて自分の口をこう持っていこうと懸命になっている表情が徐々に見て取れてくる。そしてさっきよりは余計に口を開け、カメもカメなりにお麩に挑みかかろうとする。だけど一向にかじれず、お麩はいつまでも池の上を押され滑っていくばかり。事情を知らない人が見たら、まるでお麩と遊ぶカメだよ。したらそこへまた目ざとく鯉どもが寄ってきてカメはまたしてもピンチだ」

「カメ！食え！早く食え！見守る手には思わず力が入る。だがカメはかじれず、お麩はまた横へ逃げる。そこへ真っ黒い巨体の鯉がサッカーボールのように一直線に寄ってきたかと思うと、あっという間に大口開けてお麩を丸呑みにするわけだ。

『あ！　チックショ！　なんだよ！　鯉のやろう！　ずるくねぇか、あの食いやすい口！　どう見てもハンデありすぎだろう！　だいたいねぇ、鯉は食い方に風情がないよ～。池の水ごと丸呑みなんてさぁ～。粋じゃないよ、食事の仕方が……』。およそ考えられる限りの罵声《ばせい》を浴びせたくなるわけだ鯉に対して。そしたらそこへまた、カメの顔のすぐ横にお麩が落ちてきて……」

「いや、さすがにオレもおかしいと思い始めたんだよ……。こんなに回数を重ねて『たまたま』が何回もあるわけないじゃないかと。そこで初めてあたりを見まわしてオレは事情が分かったよね」

「みんな手に手にお麩を握りしめてはカメ目がけて投げてるんだよ。知らないうちに池を覗き込んでいた全員がカメを応援してたんだよ。だからカメに有利なように、カメがひとつでも食えるようにと、みんながカメ目がけてお麩を投げ入れていたんだよ。だからあんなに毎回毎回、カメの顔のあたりにお麩がハラハラと落ちていたんだ。誰が先導したわけでもないのに、気づかないうちにあたりは声にならないカメコールで静かに沸き立っていたわけだ」

「一口でもいいから。なんとかカメに食わせてやりたい。かじらせてやりたい。あたりにいる誰もが熱く思っていた。でも、ギャラリーの焦がれるようなその思いも遠く、お麩はことごとく鯉が丸呑みにしてしまうんだ。ちくしょう！　また鯉が食いやがった！　もう一度！　もう一度！　ちくしょう！」

「こうして池を覗き込んでいた全員が、負けのこんだ、降りるに降りれないギャンブラーのようになって、大人も子どもも小銭を握っては売店へお麩を買いに走ってくから、売店ではお麩がもう飛ぶように売れている。でもな、そう思って売店の棚を見るだろ……。そうすっとさ……積み上げられたお麩にな、『鯉のエサ』って書いてあんの」

「そうなの。お麩は鯉のエサなの。鯉はちっとも悪くないの。冷静になってみるとね、鯉は悪くないの。あれは鯉のエサだったの……でも、そのときオレはね、役割というものを思い知らされた気がしたのよ」

「だって、もしあの池にカメがいなかったら、鯉のエサはあんなには売れない。それを思えば、あの庭園に現金を落としていることに関してはカメの働きは鯉と互角、あるいはそれ以上なんだよ。でも、そのおのれの活躍をカメは知らないんだよ。カメは自分の活躍を知ることは生涯ないんだよ。いや、そればかりかカメは思うだろうね、いつもいつも自分はお麩が食えない、あぁまた幸福が逃げていくって。そればかりを意識して、鯉の力を見せつけられてカメは生きていくばかり」

「でも現実は違うんだよ。カメはあの池にいるだけで鯉のエサをバカ売れさせているんだよ。カメは運動能力も鯉には遠く及ばない。鯉と比べては劣ると思えるところばかりだよ。それだから、そんな自分が、鯉にエサを奪われてばかりのこんな池で生きていかなければならないなんて、いったいどうした巡り合わせの人生だろうかと思いながらな、それでもオレは生きていくんだと、カメはこうエサにかじりつこうと挑みかかるんだ。そのカメの懸命さと報われなさをじっと眺めているうちにな、人はいつしか池の中に人生を見てしまうんだよ。そうして知らないうちに、カメに自分の影を見始める。自己投影というやつだよ。『あいつはオレだぁ！　あのカメはオレなんだ！　オレもそうなんだ！　オレだって頑張ってるんだ！　それなのに！　カメよ〜

頑張れ〜！　オレがついてる！　オレがなんとしてでもおまえにお麩を食わせてやるからな〜！　あいつはオレだ！　カメはオレなんだぁ！』ってな」

「そうやってカメは人間の心に妙な火をつけ、お麩を買いに行かせては庭園に現金を落とさせる役割を果たし続けている」

「だけど、それって別にカメに力があるからじゃないんだよ。力なんてカメにはない。まるっきりない。だってさ、もしあの池にカメだけしかいなかったら、そんなとろいだけのやつに誰もエサなんか放らないよ。だってつまんないもん。エサを放ってもいつまでも食えないんだから、カメなんてじれったいだけな」

「だけど、そのカメが鯉と一緒になってると、そのじれったさが、じれったいだけに効いてくるんだよ。鯉がカメの横で素晴らしい運動能力を見せつけるだけに、逆にカメのじれったさが恐ろしいほどの効果を出して人間に迫ってくるんだよ。反対に鯉だけだったらどうだろう。たしかに鯉の運動能力は頭抜けているから、お麩の食いっぷりには見応えがあって売店の鯉のエサは売れるだろうよ。いや、売れるからそもそも売店に置いてあるんだよ。でも飛ぶようには売れない。呑み込みの鮮やかさは鮮やかなだけにいずれ当たり前に見えてくる。そこには危なげない運動の繰り返しがあるだけなんだよ」

「つまりな、危なげない運動の繰り返しはやがて判で押したように見え始め、見なくてもいいと思えてくる。そこにはきっと物語の発生する機微は生じないんだ。その機微という得体の知れない不安定さに、勝手に心を揺さぶられ反応してはどんどん想像力を発動させ、物語と現実の区別がつかなくなってどこまでも熱くなっていくのが人間というものなんだよ」

「鯉の池に場違いにカメがいるだけで、どうしてだかそこに物語を発動させる機微が生じてしまい、その結果お麩は飛ぶように売れていく」

「その得体の知れなさが社会なんだよ。その得体の知れなさが人間なんだよ。だって人間はさ、優秀とか能力が高いとか才能があるとかに憧れるだろ？　できればそう言われたいと常々思ってるだろ？　自分が劣ったやつだと見られたくないと構えるだろう？　だから劣ったやつなんかバカにしようとするだろ？　あんなカメみたいなやつと自分は違うと普段は思ってるだろ？　なのにどうしていま、カメはこうまで応援されてるんだよ。どうしてそんなカメに、人間は自分から自己を投影してしまうんだよ」

「謎だろ？　謎だよな。謎なんだよ。でも、それが社会なんだよ。その得体の知れなさが社会なんだよ。この社会はでもその得体の知れなさで、反対に能力がなくても生きていきようはあるってことなんだよ。高い能力や目に見える力を持っていない者だって、なにかに機能しさえすればな、社会のどこかに機能しさえすれば、あたりにいるギャラリーは心情が逆転してしまう得体の知れなさを持っているから、どんなやつもいまのままの自分で生きていけてしまう隙がこの社会にはあるってことなんだよ」

「オレはそのことを、あの日、あの日本庭園の鯉の池のカメに教わった気がする。人生、まったくどこにどんなヒントが落ちているか分からない。でも、歩いてっとそんなもんばかりが見えてくるのがオレの人生だよ。オレはあの日、あのカメを見ながら、自分がどんな役割を果たしているかなんて気にする必要はないと、教えられたんだよ」

第八段　それはひとつの気分です

第八段　それはひとつの気分です

先日、スタイリストの小松（江里子）さんが私のカフェにやってきましてね。

「うれしーさぁ」

「なに？」

「なんでここドア閉めないの？」

「閉めたら仕事してるように見えるでしょ？　外から」

「だからいいんじゃない」

「だってオレ仕事してないし」

「いいんじゃない？」

「やだよ。私はただいま仕事はしておりませんって、世間に向けて言い放ってるところにこのカフェの意味があるんだから」

「あぁ言い放ってるんだ？」

「そうだよ。だから『カフェ始めました』って貼り紙もしてるでしょ」

「貼ってるね、あれ好い字だよ」

「オレの中ではあれ貼るのが大事なのよ。私はただいま仕事はしておりませんってあれで隠しようもなく白状してるわけでしょ？　仕事してたらカフェ始められないもんね」

「あはははは」


あれはいつだったでしょうか。

「嬉野さんはなにかの本で自分は温室育ちだからって書いてたけど、多くの人が目にするようなところに、どうしてわざわざ自分の欠点と思えることを書くんですか？」

と質問されたことがありました。


なるほど、たしかにそうよね。温室育ちなんてね、世間ではふつう、中学に入る頃には克服していなければならないような性質でしょうよ。それを50歳も過ぎて、それもはや下ろうかという男が、「いまだに克服できてませんと、わざわざ公言するなんて」と、質問した人もそこのところを心配したというわけでね。

でも50年生きたところで、窓の外が吹雪《ふぶ》いていると見れば、「こらぁ今日は会社は休みだな」と葛藤なく思ってしまうあたり、つくづく自分は温室育ちだよなと思えば、実際この性質はこの先も変わらんのだろうなぁと、そら私も観念するのです。

そんなら、「私はこの先もずっと誰かに優しく構われないと、じきに枯れちゃうんだなぁ」と合点がいきますでしょう。なによりすでに私は中年というか、おっさんであるわけですから、これはどう考えてもね、この先、突如として私が野性に覚醒して、「ある朝、起きたらいきなり生命力溢れる男になっていました」なんてことがあるとも思えない。ならば温室育ちを克服するために、いまさらなにを努力すればいいのか、それも思い当たらない。いまさら思い出したように神仏に祈願したところでねぇあなた、どうなるわけでもなかろうし、ならばと、温室育ちであることを世間に秘匿して生きるのも想像するだに骨が折れる。

そこでよくよく思考し、自分の胸に手を当て、いま一度おのれを振り返ってみましたらね、実のところ私はそんなに温室育ちという自分の性質を恥じてはいないよなぁということに気づいたのです。

だってね、あなた。考えてもごらん。

温室というものは、世の中にあるものですよ。そうでしょう。あるということは存在しちゃってるってことです。ならば、「温室という環境で植物を育てたい」という気持ちがなにより先にこの世界にはあったということでございましょうよ。

とすれば、その温室なるものがいまだにこの世界にある以上、温室という環境を求める気持ちもまたこの世界にあるというのは紛れもなき事実なわけですよ。ならば温室育ちが温室育ちのままで生きていく隙も間も、この世界にはあるということになるだろう。あぁそうだ、だったらいいじゃない。そう、好いんです。ということでね、私は勝手に安堵《あんど》し、しかるのち、ならばと「私は温室育ちなもんですから」と、どっかの連載に書いて、しれぇっと世間に公言したという順番です。

それにね、あなた。温室育ちであろうとなんであろうと私が獲得した私の性質は、私を育ててくれた環境が我が身にもたらしてくれた結果ですよ。父や母や私の先人たちが私に与えたその環境の中で私は育《はぐく》まれ、今日までを生きてきたのです。

ならば、その結果に私はなにを恥じることがあるだろうか。いや、ない。というね、そういう理屈に達したわけです。それはある意味、50男の破れかぶれですよ。

でもね、気がつけば本音のところで、私は温室育ち的な自分が気に入っているのですよ。

「別にいいんじゃない？　温室育ちだなんて悠長な性質、ぽかぽかしててさあ。のほほんと小春日和ぽくてさぁ」

その気持ちというのか、その実感がなにより大きかったのです。だったらこの際、広く世間に公言してしまえと、なにかの折に「私は温室育ちですから」と文章に書いて澄ましていたわけです。

私はね、あなた。思うのですよ。

みんなは本当にね、踏まれても踏まれても立ち上がってくるという強靭《きょうじん》な生命力を愛するばかりで、ひ弱なもの、か弱いもの、頼りないもの、手を差し伸べたくなるものを本気で疎ましく思っているのだろうかと。

「雑草のように生きる」と褒め言葉のように昔から使われているけれど、分かっているんだろうかと。夏の雑草を見ろと。あんなものは、はびこるばかりだぞと。草むしりが大変ですよと。あんなものを相手にしていたら日射病になるでしょうにと。除草剤を撒《ま》いて皆殺しにしていたのは誰ですかと。強い生命力とは、おのれのためと思えば、おのれしか見えず、まわりにひしめく他の命を自分の都合で排除することに躊躇がない性質をいうのでしょう。ならばそれは油断のならぬものです。恐ろしさを抱えたものです。世間は、そんな生命力の激しさというものを本当の意味で実感したうえで、「共感している」と言っているのかしらと、私はひとり怪しむのです。

結局のところね。別に私は生命力溢れる雑草を否定して温室育ちが好いとイキガッテいるわけではないのです。そんなことではなく、ただ私は、私が獲得してしまった性質を悪びれることなく世間に公言してしまうたびにね、私は世間に秘匿すべきことがひとつ減りふたつ減りしてね、他人様の前であろうとひとりのときと変わることなく、私は私のままに振る舞えるようになってね、そのたびに世間をわたって生きていくことが楽になっていくということに気づいただけのことなのです。

温室育ちを欠点と思って、いつまでも果たせなかった夏休みの課題のように後ろめたい気持ちを抱え込んだまま年を越し、正月を迎えるような情けない気持ちでいることもないよなと、近年いまさらのように気づいたということなのです。

夏休みの課題ばかりをいうのではないですが、課題というのは、課題に応えられた人たちにだけ機能したんだなと思えばいいだけのことと気づいたのです。

課題に応えられなかった者たちには、それぞれの道があるだけです。それはね、それぞれに探し当てながら、それぞれの自分にたどり着くという道です。それを思えば、課題に応えられなかった私にとって温室育ちというのは私の道です。けして捨てては ならない性質と私が胸に抱きしめて、この先もともに生きていく私の道なのです。なぜならば、私はか弱い者です。そのことを知るからこそ、私は行く手に待ち受ける嵐を恐れるのです。だからこそ私は誰よりも早く嵐の雲を避けるべく、わずかに変化する風向きや湿度や気温に敏感に反応し、前方に不穏の空気があれば方向を他に転じて進もうとするのです。

世界が厳しさから遠く、この先も温室にしか咲けない私のようなものであっても生きていける世界であり続けるようにと、私は自分の人生を懸けて腐心するのです。なぜなら世界が豊かで平和で穏やかである限り、温室育ちの私でも幸福に生きながらえることができるわけで。ならば私は誰よりも敏感に嵐を避けて進もうと懸命になるはずです。

私は、私が枯れないような未来へ続く道を懸命に嗅ぎ分け、予感し、選び続けるのです。そうすることが私のためだからです。私は温室に育つか弱い生きものです。ならばその私が生きられる世界は、ほとんどの人もたやすく生きうる世界であるはずです。ならば私はひとつの風見鶏です。私が枯れていなければきっと誰も枯れない。私は警報。私は豊かさと平和の目印。この世界がこののちも豊かに平和であり続けること。そこから逸脱しないことが、か弱い私の生きながらえる唯一の道だからです。だから私はけして嵐の雲のある方向には進まない、進ませないと懸命になる。それはほかでもない私の幸福が懸かっているからです。平和で豊かな社会が続かなければ私の生きる道はない。ならばと、私は必死でその道を嗅ぎ分け、細心の注意を払っても進むべき方角へ進もうとするはずです。

こうして豊かさと世界平和と愛こそは、私の個人的な必死の関心事となるのです。ならば私は結果として全人類の平和への警鐘。それが私の役割です。

そういう結論に私は自分ひとり勝手に達し、自分の役割をそれと定めて生きているのです。

そうなの。そういうふうに自分で決めたの。

そんな思いにたどり着いた頃、私は会社でカフェやるかなぁと思ったのです。

それは、ひとつの気分です。

気分とは、よく分からないものだけれど、自分を明るくさせる方向へと根拠もなく自分を導いていくもの、そんな気がするものです。

いつもはしないことだけど、不意に思いついてその思いつきにしたがって行動を起こそうと思っただけで、この胸に雲の晴れ間のように青空が見えてくる感覚です。たとえばそれは、「ちょっと郊外までドライブに出るよ」と友だちに言われて「あぁ、それはオレも行ってみたいなぁ」と躊躇なく思って車が走り出したらやけに気分が明るくなるようなことです。それを私は気分という言葉で表したくなるのです。そして思うのです。あの気分とはいったいなんだろうと。あの気分はいったいどこからやって来るものなのだろうと、それを思うのです。

どこからやって来るのかも分からないその気分が、自分をどこへ連れていくのか、そんな先のことまでは分からないけれど、でもきっと、そこは悪いところではないだろう、いやきっと明るいところに違いないと、なんだかそう思わせて、心に小さな晴れ間を開けてくれる方角へと舵《かじ》を切らせてくれる羅針盤のようなもの。その役割を果たしているのが気分。実はそうなんだと、私は思うのです。

その気分という羅針盤が、私に「会社でカフェをやったほうが好いぞ」と方角を指し示した、私はそう思っているのです。

だから私が会社で就業時間内にカフェをやることは、いつか全人類が青空へ向かう道だと、私ひとりは心のどこかで思っています。だからその行為はこっそりやるものじゃない。世間へ向けて公言しなければならないものと思えるのです。

つまり、それが本来の私の仕事なのだと、私は公言したいのだと思うのです。

私は仕事をしていないのではないのです。むしろ、自分の本来の役割に気づき、ようやく自分の仕事を始めたのです。だから私は毎回会議室に「カフェ始めました」と貼り紙をしなければならない。

なんか、そういうことなんじゃないかなぁと思っているのです。

　でも、気分って、どこか無責任に聞こえてしまう言葉でしょうか。気分にしたがってみるという行為は身勝手なだけに思えるでしょうか。

「嬉野さんは、自分の気分にしたがったほうが好いって言うけど、だったら理由もなく誰かを殴りたいって気分の人は気分にしたがって殴ったほうが好いってことなんですか？」

と、そんな心配をする人もいるでしょうか。

　でも、そんなら私は、その人に聞きたいの。

　どうして。

　どうしてそんなね。

　理由もなく誰かを殴りたくなる気分の人だなんてわけの分からない人に目を向けて。そんな人をいつも視野に入れて。そんな人を気にして、そんな人に合わせてどうして世界を考えなければいけないのって。そんな人のことを視野に入れることになんの得があるのって。私は聞きたい。

昔ね、私がまだ20代の頃。車の免許を取るために教習所に通っているとき、助手席に座っていた教習所の教官に言われた言葉をこのごろ思い出すんです。

「嬉野さんねぇ、カーブを曲がるときはセンターラインを見ながらハンドルを切るんですよ。そうするとね、うまく曲がれます。人間はね、見ているものにどんどん引っ張られるんです。だからカーブでは、センターラインさえ見ていたらカーブの先へ先へと気持ちが引っ張られるから上手に曲がれる。気持ちとからだは、くっついてるんですよ。だから、センターラインから目を逸らして脇を見始めたら、これは危ないのよ。知らないうちに脇のほうに気持ちが引っ張られて、車を脇へ向かわせてしまってるの。そしたら道を外れて、あ！ と気づいたときはもう事故を起こします。覚えてくださいね。これは理屈じゃないんです。カーブのときは、センターラインを見ながら曲がればうまく曲がれる。それくらい人間は意識を向けたものに引っ張られる、そういうふうにできてるんです」

その話を私はこのごろ思い出すんです。

あの教官は言っていました。

「人間は意識を向けたものに引っ張られるんです」と。

「人間はそういうふうにできているんです。理屈じゃないんです」と。

だったら。

わけの分からない人のことをわざわざ視野に入れることは、わけの分からない人を常に見つめ世界を考えることは、わけの分からない人にどんどん時代が引っ張られていくことになりはしないかって。そうして結局、わけの分からない人が暮らしやすいだけの世界をわざわざ作ることに結果的になりはしないかって。

誰が言ったわけでもない、名前も忘れた自動車教習所の教官が言った言葉です。

「だからどうだ」ということもない言葉でしょう。

でも、私はあの人の言葉をいま、印象深く思い出すんです。

だから私はね、そんな、どこにいるのかも分からないような、わけの分からない人を、わざわざ想定するような取り越し苦労をしてまで、そんなわけの分からない人を視野に入れて世界を考えるようなことは、ずいぶん前からやめにしたのです。や〜めた、と思ったんです。

第九段　勇気をくれる仲間がいたと思うんです

第九段　勇気をくれる仲間がいたと思うんです

私は「水曜どうでしょう」というテレビ番組のおかげで、ディレクターでありながら、このごろ、いろんなところに呼ばれて同僚の藤村くんとステージに立つことがあるんです。

藤村くんは、このごろは役者としても舞台に立って侮れん役者ぶりを方々で発揮して光っている男であります。なんだこの人、なんだってやれるのかしら？　と世間に思わせてしまうほど常になにかしている男です。

この男の対極を生きると言っても過言でないのが私です。

とにかくなんにもしない。

そういう私をつかまえて藤村くんは客席に向かって公然と言うわけです。

「この人、ほんと仕事しないからね」と。

私は敢然と言い返すのです。

「いやいや、あなたね、こういう場で世間の誤解を招くような言い方はやめなさいよ」と。

「そう？」

「そうですよ。だって、仕事は……ほら……してるでしょう……」

「あぁ、してるんだ」

「してますよ」

「まぁたしかにね」

「そうでしょ」

「なにしてるんだろうね」

「ひと言では言えないことですよ」

たしかに、藤村くんの発言じゃないですけど、どんな理由があるにしても、会社の就業時間中に会社の会議室を占拠して、カフェを始めてしまえるような男には、つまるところ喫緊の仕事はないですよ。

彼は追われるような仕事を持ってはいない。私のことですよ。それはたしかだ。だって内線電話もかかってこないんだオレには。だったら席にいなくても誰も困らない。誰からも探されない。

「だったらいいじゃない」
「たしかにね」
「じゃぁ、いいんじゃない」
「いいですよ」

でもね、そんな状況の男がこの社会で生きているのです。どうして生きていけているのか。しかも、どうしてサラリーマンでいられるのか。

考えてみれば、たしかに奇妙なことです。
でも、この社会で生きていくとは結局どういうことなのか、その問い掛けの答えにたどり着くためのひとつの重要なヒントに、この男がなりかけているという予感があります。自分のことなんですけどね。

この激動する世界のかなりな外れにある札幌の、しかも平岸高台という中心部からさらに外れたところにあるHTBで、そんな奇妙な状況になってしまっているこの男のありように、いや、私ですね。この際、想いを巡らせてみる。それが、この本のテーマであるのかもしれないと想いながら書いているところが私にはあるわけです。自分のことながらね。

仮に私が「本当になにもしていない」のであれば、なにもしない者を世間が生かしておくでしょうか、と、私は、もはやそう考えるのです。

なにより人間、日々なにもしないで、まともでいられるものでしょうか。独房で自由を奪われた囚人を思い浮かべてみれば分かることです。人間、暇すぎたら発狂しますよ。でも、毎日取り立ててなにをしているふうでもないこの男は、ま、私ですね。発狂してはいないですよ。元気にしている。いや、呑気《のんき》にしていると言ったほうが正確かもしれない……。いずれにしてもおかしくなったという感じはしない。まぁ全部私の主観ですが。だから間違いなくこの男は暇すぎるわけではないはずです。意外に思えるかもしれないが、この男、していることは、どうやらある。しかも、相当なことをしている。そして、この男のしている仕事が意外に重要だから、彼はこの社会で生かされている。私ですね。

では、なにをしているのか。

そうです。それが一向に見えてこない。

「仕事してるの？」

「してますよ」

「してないでしょ？」

「してるでしょ」

いつまでたっても押し問答のような状況にハマったままの人生です。

「いつもなにしてるんですか？」

「いろんなことをしてますよ」

事実、2008年に「歓喜の歌」というドラマをつくったときにはプロデューサーをやりました。やりましたが懲《こ》りました。プロデューサー。あれは私には向かない。だって、できることなら知らない人に電話なんかしたくないと常々思っている私が、ドラマのプロデューサーなんか、そんな、向くはずがない。あのときは、ひたすらお母さんコーラスの団員のみなさんと撮影が始まるまでの半年の間、毎週毎週、練習を見学させてもらいに出向いては仲良くさせてもらっておりました。あの日々は楽しかった。でも激動のプロデューサーワークは懲りました。

それで、その翌年に制作したドラマ「ミエルヒ」では、この本にもすでに登場してもらいましたキャップこと福屋渉さんがエグゼクティブプロデューサーとして一切を仕切ってくれるということだったので、私は、企画だけを担当することにしました。それだってやったことはなかったけれど、でも、企画というのは、なんか分からんけど、おそらくやれると踏んだのです。やれました。そして、でき上がったドラマはテレビ賞を、それこそ国際的な賞も含めて実にたくさんいただきました。このとき脚本を書いてくれた劇作家の青木豪さんとは、この作品で知りあえたのです。

このときから私は、自分にできないことはやらないで、できそうなことだけをやることにしたのです。なんて勝手な、と、世間様からお叱りを受けそうな私の生き様ですが、でも、そうしたら好い目が出たのです。「だったらそのほうが好いのかもしれない」と私だけは思った。だったらできることだけをするほうがいいか。そうしてみっか。

でも、「そうしてみっか……」と思って、それを実行に移せたのは、そのとき私のまわりにそれを許してくれる人間たちがいたから、ということです。

具体的に名前を挙げれば、藤村忠寿と先ほどからしきりと名前の上がっている酪農の家に育ったキャップこと福屋渉です。この2人が、私の「そうしてみっか……」を許すから、私は「そうしてみっか……」を実行に移すことができたのです。

あの2人がいなければ、おそらくこうはいかない。

ということは、世間からいかに勝手な振る舞いと思われても、それを許す人間がいさえすれば、人はこの世界で自分の好きに振る舞って生きていけるということではないでしょうか。それを思えば、生きていくことに難しい手続きは一切不要なはずです。ただひとこと「いいんじゃね」と言ってくれる他人がいてくれればいい。その簡単な口添えだけで人は生きていけるということです。

では、次に考えなければならないことは、あの2人が、なぜ私にそれを許すのか、ということです。

でも、それは聞いたことがないので知りません。でも答えは意外にとても単純で、結果としてあの2人が私に対して「あの男は利用価値がある」と思うところがあるからではないでしょうか。あの2人が自分のやりたいことを実行するときに私を傍に置いておくと自分にとって利得があると値踏みする商売人的な損得勘定がそこにあるからではないでしょうか。私は自分になにができるかを知りません。でもあの2人は、それぞれに私の使い道を熟知しているのだと思います。だから私を放牧しているのだと思うのです。だから私にはとくに仕事や担務を与えず、実働的には彼らの働きが8で私が2であっても、なんの不満も持たず、私の動きに任せて好きにさせておくほうが私が勝手になにかを考えついたり思いついたりして生まれた発想をなにかのときに自分の仕事に生かせれば使う。その方が得だと、おそらくそんな考えがあの2人の中にあるのだと思うのです。

でも、そんな商売人的な損得勘定で彼らが私と付き合おうとするからこそ私と彼らとの間に健全な人間関係は担保されるのだと私ひとりは思うのです。だって人間関係に商売人的な判断さえキチンと働いていれば「貸しっぱなし」も「借りっぱなし」もないからです。だから生涯にわたって健全な貸借関係が続くのです。そんな私も、できそうにないことは「できないからやらない」とふつうは断るのですが、あの2人からの依頼なら断らないことにしています。その理由の中には、あの2人が、私以上に私がやれそうなことに気づいていると思えるところがあるからです。そういう人間の申し出を無批判に受け入れることで、私は自分も知らなかった自分の能力を発見できるというきわめて得なことがあるのですから。

私に勝手な振る舞いを許してくれるひとり、福屋渉さんと私が、初めてどっぷり首まで浸かって仕事をしたのは、冒頭でもチラッと触れましたが、HTBが2009年に制作した「ミエルヒ」というドラマでした。あのとき私は成り行きで初めてドラマの企画をやることになり、福屋渉さんも初めてドラマプロデューサーをやったのです。いってみれば初めてどうしでコンビを組んでドラマを作ったとき、それがあの人との出会いだったのです。

私たちの前任のドラマプロデューサーは、独力でHTBにドラマを立ち上げ、そこから10年にも渡ってドラマ制作を続けてきたベテランでした。彼は自分でドラマのあらすじまで書いてしまう人でした。そしてそのあらすじを持って脚本家と打ち合わせをしていたようです。

私も、そういうふうにするのが企画者の仕事なのかと思って、一度は書いてみようとしたのです。しかし、書こうとしてもとくになにも思いつかなかったのです。「いや、別にテーマなんて、なんでもいいしなぁ……」と、ついつい思ってしまうのです。それに、どんな話をドラマにしたいというこだわりもとくになかったから、別になんでもいいなぁと思えたらもうそれっきりで、結局なにひとつ思い浮かばなかったのです。困りました。

でも、そうやっていつまでもぐずぐずしていたら、当時、制作部長だった福屋渉さんが、吊《っ》り上がった目をして私のところへやってきました。

「嬉野さん。企画のほうは進んでますか」

会社に対して常に後ろを見せたくない福屋部長は（2018年6月から取締役に就任）、現場から企画が上がらずにドラマがつくれない事態には絶対したくないという炎をメラメラ燃やしていましたから、「進んでません」とは、さすがの私も言えない雰囲気で、「進んでますよキャップ。当たり前じゃないですか、なにをバカな……」と適当なことを言ってその場は誤魔化しましたが、これはいかん、とにかくなんとかしなければいけないと、ようやく呑気な私も思い始めたものの、だからといって、なにもないところからなにかでっち上げるのが企画なわけですから、切羽詰まった精神状態で考え始めたところで面白い話を思いつけるわけがないということは、おっさんである私は経験的に知っているわけです。

ここは慌てなければいけないときだけれど、心と頭は慌ててはいけないのです。

若い頃、東京で助監督的な仕事をしていた頃に、霊能者として有名だった宜保愛子さんの生い立ちの再現ドラマをつくるというので、ロケ地を探しにいくという仕事を仰《おお》せつかったことがありました、バブル時代の話です。

そのときも、そんなロケ地探しなんかやったこともなく、ただ、昭和の初期みたいな風景なら「鎌倉まで行けば、いくらでもあるんじゃないの？」と、適当なことをプロデューサーに進言したら、「なるほど。じゃあ鎌倉で探してきて」と言われて、私は翌日電車に乗って鎌倉まで出かけたのです。

東京からの道中は駅弁を買って電車の中で食べてと、ちょっとした旅行気分でしたが、鎌倉駅に降りて、はたと困ったのです。

「そういえば、私はどこへ行けばいいのだろう?」

なんにも考えずに出てきたものですからね。

時計を見るとすでに午後の2時過ぎでした。

「いかん。ぼやぼやしてたら日が暮れる」

俄《にわ》かに焦り始めたのです。たしかに鎌倉は観光地ですから観光案内は充実している駅前でしたが、再現ドラマに適した場所の案内まではしていない。

いかん、いかん。なんとか日の暮れる前にロケ場所7カ所を見つけないと。

しかし焦るのは心と頭だけで、からだは一向に動かない。そりゃそうです、頭が思いつかないことにはからだが動けるはずがない。なにぶん順序は大事です。

しかし、私は、ある程度以上緊張状態が続くと、緊張の針が振り切れてしまうのか、そのうち無感動になってしまうのです。そのとき事務所に対する言いわけを思いついたのです。つまり時間がないと思うから私は焦るのであって、焦るから私はまともな考えも思いつかないのであって、考えが思いつかない限り私のからだは動き出しはしないのだから、そうであればこれ以上、ロケ地探しは一歩も進まないわけだから、もはやこの際「時間はある」と思うしかない。私はその結論に達したわけです。

では、午後2時を過ぎ、そろそろ3時になろうかという日暮れも近いいま、どうやったら時間はできるのか。

「ロケ場所が見つかるまで帰らなければいい」

そう思ったのです。

このスタンスは強いなと思いました。

「見つかりません」では弱すぎるのです。話にもならない。子ども同然。

しかしながら「見つかるまで帰らないよ」は強い。不断の意思すら感じる。

探せないんじゃない。吟味しなきゃダメなんだよという、ベテランの雰囲気がある。

「仕事を舐《な》めちゃだめだよ」とでも言うようなプロ根性すら匂わすかもしれない。ここれはうまいことを思いついたと私は俄かに活気づいたのです。

だったらもう、このまま近場の喫茶店に入ってとりあえず腰を落ち着けて茶でも飲んで、ゆっくりして、日が暮れたら、どっかに宿をとって、そっから東京の事務所に電話すればいいわと決めたのです。


「いやぁ、なかなかいいロケ場所はないもんだね」とかなんとか言ってね。

「そいでさ、もう日も暮れたから今晩はこっち泊まるから」とか言ってね。

「え！　なんでよ！　そんな金ないよ！」とか事務所が言ったらね。

「だって、好い場所が見つからなかったら始まらないでしょ。とにかく場所が見つかるまではオレも帰れないよ」とか言ってみようかと思ったらだんだん面白くなってきてね。「あぁこれは好いや。この言い訳は好いわ。あり、あり」って妙に自信が出てきてね、これはこの先、時間はどうにでもなるな、っていう算段がついたんで一気に心に余裕ができたんでしょうね。そしたら不思議なもので、頭って正常に動き出すのか、やけに簡単なことに思い至ったわけです。

「あ。そうだ。ここ鎌倉は古い観光地なんだわ。おまけにエリアは大して広くはない。観光タクシーのドライバーさんに相談すればいいわ。それそれ。それだよ。それだったらオレは車に乗ってるだけで仕事は終わるわ。楽だわ。楽しいわ」

そしたら私がいる場所は鎌倉の駅前ですから、駅前には観光タクシーがわんさか停まっておりましてね。その中で気の利いた顔の人を探して話を持ちかけたら、案の定ドライバーさんはロケ慣れもしてるわけです。

「どんなとこが好いの？　イメージ言ってもらったらだいたい分かるよ」

実に力強いリアクション。こうして、イメージにピッタリのロケ地が7カ所、私は観光タクシーに乗ってるだけであっさり見つかってね。陽のあるうちに私は電車に乗って鎌倉を後にして東京へ帰って行ったわけです。事務所に帰ってロケ地の写真を見せたら、「あぁ好いじゃない。仕事早いね、さすがだね」とか言われてね。私としては冷静な顔をして「こんなもんじゃないの?」とか言って。もうね、ギリギリなんだけどね。ギリギリでもなんでも思いつくことは思いつくわけだから。思いつかないことにはからだは動かないから仕事は始まらない。だから常に大事なことは人生に対して自分がどれだけ必死になっているかということだと思うのです。火事場となればバカな力も知恵も出るのですわ人間。

で、ドラマの企画の話ですが。前任者のように自分であらすじを書くのは「やめてしまおう」と思ったのです。だって、前任者は書いていたけど、能力の違いというものは歴然とあるわけで、だとしたら私の場合、そんなもの、面白いお話は才能ある脚本家がどうせ書いてくれるんだからと脚本家に任せて、別にあらすじをつくることなんかに自分の時間を割く必要はないなと思えましたからね、だって思いつかないんですから。だから自分は骨組みだけ線を引けばいいやと結論したのです。自分がなにをつくりたいか、その骨さえあれば、あとの面白いところは脚本家に託せばいい。よしよし、それそれ。じゃあ、物語の骨を考えよう。

さぁ、それでも私にはこれといってやりたい骨も思いつかないわけです。

そのとき、前任者が前に言っていた話を思い出しましてね。

「知り合いにね、若い頃に父親と喧嘩して実家を飛び出したまま、別れた女房からの電話で、自分の父親が死んだってことを知ったって人がいてね、これドラマにできないかなぁ」って、なんだかそんな話をしていたのです。「あぁ。あれ親子の話だし、じゃあ骨は親父と息子にするか」って。それでも、その設定のままの話だと、やけに生々しく所帯染みて思えたので、そこから骨だけに削ぎ落とそうと思ったときに思い出したのが、「男はつらいよ」だったのです。

あれは、団子屋を営むおじちゃんの家庭とフーテンの甥《おい》っ子の話だけど、でも、あれも親子の話のようなものでね。長いこと家に寄りつかない息子が、その間なんの連絡もよこさないのに不意に帰ってくる話なのです。そして、そこからいろいろ家庭に騒動が起きるってだけの物語です。あの映画の骨は毎回それです。なのに、それだけでギネスに載るほど作品をつくって、しかもその中には名作が多数あるんですから、そんなら「父親を嫌って家を飛び出して、そのまま長い年月、音信不通だった息子が、不意に父親のところへまた帰ってくる話」という骨にしても脚本家は面白い話にしてくれるだろうと結論したのです。

もし脚本家に「これだけですか？」って言われたとしても、「でも『男はつらいよ』もそれだけの話ですからね」って切り返せばどうだろうと思ったら大丈夫な気がしてきてね。なら、これで企画の仕事は終わったなと思ったら急に気持ちに余裕が生まれたんでしょうね。「この骨をもとに、脚本家は、いったいどんな物語を書いてくるだろう」って、途端にドラマの先行きが他人事みたいに楽しみになってきてね、気持ちがずいぶん前向きになったんです。あれには我ながら驚きました。さっきまで、責任が重くて「いっそ逃げ出したい」って思うほど苦しんでいたのに、自分にできることだけやって、できないことはきっと脚本家がやってくれるんだわと思ったとたん、なんだかほっとしてね、もう自分の仕事は終わったと思えたんでしょうね、急に無責任なくらい楽しくなって。だからね、人間というものは本当に現金なものです。でも、同時に私は、楽しくなっているという自分の心の変化に吉兆を見た思いがしたのです。

「これは好いのかもしれない。これは好い兆候なのかもしれない。そうだ、この先ももし、岐路に立ち道を選ばなければいけないときがくれば、今後は迷うことなく自分の気分が楽しくなる方角へ舵を切れば好いのかもしれない。階段を一段一段と昇るたび、自分が楽しくなっているのなら、その道で間違いはないと思って好いのかもしれない。だってぼくはこれから面白いものを作ろうとしているわけなんだから、その自分がその途上で常に楽しい気分でいなくては作品が面白いものになるわけがない。ということは、反対に、もし自分がいつまでも苦しいままなら、そのときは、ほかに道を探して自分の気分を楽しいものにしなければ、他人が面白いと思ってくれるものには行き着げないのかもしれない。そう結論してしまって好いのかもしれない。この先は、そうやって道を選んでいけば好いのかもしれない。そうして岐路に立ったと思ったら、自分が心の底からこっちの道のほうが気楽に楽しめそうだなと思っているかどうか、その自分の気持ちに嘘《うそ》がないか、そこを見極めるようにしていれば、ひょっとすると作品は好いところへたどり着けるのかもしれない。それはなんだか、下り勾配を探しては重い石を転がしていくようでもあり、力学的に適《かな》った道順のようであり、そうか、それであればたしかに、私は私の体力のままでも、大きなものを動かしていけるのかもしれない……」

そう思ったのです。それは自分をチームの中の羅針盤と勝手に位置づけることだったのですが。そしてそれは私流かもしれないけれど、物事を進めるひとつの方法論の発見だったと思うのです。

つまり、仕事とは、自分にどれだけの力があるかを誰かに見せつけるとか、良いところを見せなければならないといった次元のことではなく、作品という大きなものを最終的にお客が喜ぶものへとたどり着かせるために、私は私を全体にどう機能させ続けてゆくか、それを実地に見つけては前へ前へと進めてゆくこと、それが企画者である私の仕事なのだと思えてきたのです。

それであれば、これから私がしてはならないことは、自分に嘘をつくことです。しつづけなければならないことは、自分がいま、自分の気持ちに嘘をついてはいないかを常に自分に尋ね、確かめることです。自分はいま、本当に面白い方向へ進んでいると思えているのか、それを自分に問い続けること、最後まで私が怠っては、諦めてはならないところは、実にそこかもしれないと、そのとき思ったのです。

ところが、脚本家との打ち合わせの日程を、その年の12月26日と決めてしばらくした頃、私はどうにも落ち着かなくなってきたのです。たしかに骨は考えました。その骨からでも脚本家は物語をつくり出してはくれるでしょう。ですが、企画者の私は、いったいどこにいるのでしょう。たしかに骨を考え、この骨に肉がつけられ、これから脚本家が物語をつくり出す。そこにはどんな世界が待ち受けているのだろうと思ったら楽しくなってきた。そんな自分に気づいたのは初めてのことだったから、それは大きな発見だったのだけれど、でも企画者の私の気持ちに前向きなものはあるのでしょうか。いや、それだけじゃない、そもそもこの物語の舞台はどこなのだ。このドラマの登場人物たちが生息する場所すらも私は脚本家に投げてしまうというのだろうか。脚本家に決めてくれと言うつもりなのか。どこでもいいです、と。事を起こす企画者のスタンスがそんな他人任せなことで名のある脚本家が受けてくれるものだろうか。脚本家が受けてくれなければこのドラマは頓挫《とんざ》する。それも、企画者に熱意が見られないという理由で頓挫しては人としてこんな恥ずかしいことはない。プロデューサー福屋渉に対しても合わせる顔がない。いかん。これはやはりドラマの舞台くらいは、

「ここです」と私が見つけ出して提案しなければ。

ところが、そうは思っても北海道はでっかいどうでね。絵になる風景は手広くあるんですが、でも私は別に絵になる風景にもこだわりがなかったし、なによりいまさらそんなに遠くまでシナリオハンティングに出かけるような時間もない。大風呂敷を広げすぎては収拾がつかなくなるばかりで面倒臭いことになる。

それで私は、札幌の隣町にある江別という町へ行ってみようと思ったのです。

それは、ひとつには、札幌のベッドタウンとされる江別の町が、近年、急速に過疎化していたからということもあり、そして女房の友人にその町の出身者がいたから、彼女の車に便乗して地元である江別の町を連れ回してもらえば、なにか見つかるのではと踏んだからです。

私の思惑はある程度功を奏したと思います。彼女は実に能弁なガイドでした。そして昔あれほど栄えていた江別の町がここまで衰退することに困惑しながらも、生まれ故郷への複雑な愛情を彼女がいまだに持ち続けていることも感じられたのです。けれど、町の衰亡だけではドラマのテーマとしては大きすぎて扱いかねるのです。もっと分かりやすく、身近で具体的な目標物がほしかった。でも見つからないのです。

江別市郷土資料館というところへも行きました。訪れる人もあまりいないのでしょう。館長さんがお出ましになってマンツーマンで私に町の歴史を語ってくれるのです。それが私には実に興味深かった。江別の町の歴史は意外に古いものだったのです。それは明治元年に日本で初めての炭鉱が幌内で見つかったことに端を発していたのです。幌内炭鉱は明治12年に国営第1号の炭鉱となり、そこで採掘された石炭を小樽港まで運ぶために明治15年に北海道で初めての鉄道が敷かれるのですが、その中継地点として江別に鉄道の駅ができたのです。

開拓が始まって日の浅い当時の北海道には、鉄道はもちろん道路もないわけですから主要な運搬路といえば水路だったんですね。すなわち川です。なるほどなぁって思いました。当時すでに、内陸の旭川でとれた農産物は石狩川を使って船で運ばれ江別の町で降ろされて、そこから陸路、札幌の町まで運ばれていたようです。そんな石狩川には当時、外輪のついた乗り合いの蒸気船も就航し、いまとはまるで違った風景の中で賑わいを見せていたのでしょうね、江別はそんな昔からすでに交通の要衝であったそうで、そこへ石炭を積み出すための鉄道の駅もできたわけですから、江別はその後、人も物も集まる一大集積地として栄えるようになったようです。

事実、江別の町は、長く賑《にぎ》わっていたからこそ町中の交通混雑を避けるためにとバイパスをつくり外から車が不用意に入ってこないようにしたわけで。だけど結果的にはそれがいまは裏目に出てしまって、江別の町にはもう通過する車も入ってこない。車が流通の主流となってからは、駅があっても大きな川があっても、鉄道も川も江別の町へは何も運び込んではくれない。そうなると、三角定規のように江別の町を囲むバイパス、鉄道、石狩川は、皮肉なことに江別の町を世間から遮断し閉じさせ孤立させる深い堀でしかないということになるのです。私は知れば知るほど哀しくなってきました。

たった半日でしたが、案内してくれた彼女のおかげで、私はずいぶんな江別通になっていたのです。それでも、ドラマの決め手になるものが見つかったとは思えないいま、日も暮れて少し疲れてもきたので、私は六花亭さんというお菓子屋さんに入って甘いものでも食べようかと彼女を誘いました。六花亭さんの2階には喫茶室があり、そこで珈琲も出していました。六花亭さんの甘いものを食べて血糖値が上がり、珈琲のカフェインに刺激され、ひらめくものがあったのか、彼女がとつぜん「そういえば……」と言い出したのです。

「そういえば……江別には漁協があるんですよ」

「漁協？　だって海なんかないよ」

「いえ、川魚です」

「あ……石狩川か……」

「はい。石狩川でうなぎが獲れていたんですけど、それが、このごろさっぱり獲れなくなったそうで。私一度、河川敷でその舟小屋みたいなの、見たんですよ」

「それだ……」

私は、それだと思ったのです。川に逃げていけて、その川に人生があるのならば、カメラは衰亡した町を見つめすぎなくて済むかもしれない。私はとにかくそこへ行ってみたくなったのです。

「そこ、行ける?」

「行けますよ。これから行ってみます?」

「行く行く」

北海道の12月のことでしたから、まだそんなに遅い時間でもないのに早くも陽は沈んでしまって、それでもまだ地明かりの残る薄明の中、急いで石狩川へ向かってもらったのです。その年は、珍しくまだ根雪にはなっておらず、車で雪のない土手を越えて河川敷へ下りてみると様子は一変しました。目の前には一面の葦《あし》の原が広がっているのです。私たちは車を降り、広がる葦の原に分け入るように細く伸びる、けもの道のような一本道を川の匂いのするほうへ向かって歩き始めました。しばらく行くと、たしかにプレハブの小屋が見えてきました。その小屋のまわりに、魚を獲る仕掛けなのでしょう、子どもなら簡単に入ってしまえそうなほどの大きさの鳥かごのような形のものがいくつも無造作に並べられていました。さらに進むと葦の茂みの奥に水の流れが見えてきたのです。

「あぁ、川……だ……」

私の中の細胞たちが懐かしいものにでも再会したようにざわめき出すのです。

「こっちに舟があります！」

その声を追って脇の小道を進むと、果たして茂みに寄り添うように小さな舟着場が現れました。そこに小舟が三艘《そう》、まるで時代から身を隠して生きるものたちのようにひっそりとつないであったのです。木製の小舟が水路に浮いて、揺れる水面の変化に同調してはプカプカと脈打つように微《かす》かに揺れていました。根雪前とはいえ、12月の北海道の葦原の奥に隠れるようにして浮かぶこの舟のくたびれ具合や、この舟着場の朽ち果てそうな雰囲気に、この風景の上を過ぎていった時間をぼんやり感じながら、しかしこれはいまの時代の風景なのだと思うのでした。

時は移り、人も変わってきたろうけど、この石狩川はきっと昔と同じようにただ海へ海へと流れているのだろうと思いました。川の流れを追うその私の視線のずっと先に、バイパス化された国道12号線の白い美しい吊り橋が近代的に架けられているのが見えました。あの橋を高速で走って旭川へ札幌へと向けて行き交う車の中からは、ここに、こんな風景があり、こんな風景の中でいまも続けられている人生があることなど見えようもないことです。

でも、この場所も今なのです。

静かでした。本当に静かでした。あの橋をどんなに車がスピードを出して走ろうと、あらゆる音はここまでは届かないのです。ただ、ときおり吹く風にさらさらと葦の葉ずれの音がするだけです。そしてすぐ足元では、風に波立つ水路に浮かぶ小舟が静かに揺れているのです。さびれていく江別の町並みは土手にそびえるコンクリートの堤防に遮られてここからは見えず、製紙工場の高く伸びた煙突から雲のように湧き上がる真白な水蒸気が、葦原の向こうで遠く太い煙のように昇っていくのが見えるだけです。そんな風景を眺めるうちに、私は初めて分かった気がしたのです。

「そうだよ……これから作ろうとしているこのドラマの親子は、ここで生きていたんだよ……」ということが。

父親は代々この石狩川で漁をする家に生まれついた漁師だったのです。でも、いつのまにか魚は獲れなくなり、川に出ても、いくら漁をしても仕掛けの中に魚の影はない。それは別に父親のせいでもないだろうに、父親はただ、住み慣れたこの川で生きていくこと以外に生きるという方法を知らないだけだったろうに、家族はどんどん困窮していくばかりで、それなら、変わっていく時代に対応できなくなっていくだけの父親に、家族のためになにもしてくれない父親に、そして同じように時代から取り残されていくだけのこの町に、息子は嫌気がさしてしまったでしょう。だから息子は、自分が大人になるのを待っていたかのように、ある日、故郷も父親も捨てて、この場所を出て行ったんです。そうしてそれっきり音信不通になった……。そんな息子がこの場所に帰ってくるんです。息子にあれからどんなことがあったのかは分からないけど、でも、いずれにしたって、あんなに嫌っていた父親とこの町を頼る以外、もうどうしようもなかった……。でも、帰ってきたところで、ここにはもうなにもない……父親もどうしてやることもできない。それでもここで生きていこうとするんです……。そんな親子の話なんです……。

私は荒涼とした風景を眺めながら、なんだか哀しくなってきました。それは寂しくなってしまったからではないのです。この侘《わび》しげで荒涼とした風景と、朽ち果てようとしていた水路に浮かぶ小舟とともにいて、なにか慰められていく自分に気づくからです。ここで生きてきたのに、ここで一生懸命生きていたのに、どうしてここを捨てなければいけないことになってしまうのだろう。ここにこんなに美しい風景がいまもあるのに、どうしてこの風景の中で生きていけないことになるのだろう。私はなんだかそんなことを思い始めていたのです。

＊　＊　＊

「それで、嬉野さんはその風景を眺めながら、もっとなにか思いませんでしたか……」

東京の新宿の師走の喫茶店で私の目の前に座った劇作家の青木豪さんが、そう私に聞くのです。私は答えました。

「あの……ぼく……なんだかその場所へ戻りたくなったんです。なんかね、ぼくらはもう一度、ニッポン人はもう一度、ここに戻ってきたほうが好いんじゃないかって…

…ここに戻って、もう一度この場所に立ったほうが好いんじゃないかって……ここからもう一度、始めたほうが好いんじゃないかって、なんか思ったかな……。だってね、侘しいだけの眺めだけど、そこはどうにも好い場所だったんです……」

「分かりました。そこへたどり着けるように、嬉野さんのそのときの思いにたどり着けるように、書いていきます」

　青木さんはそう答えてくれました。

　そこから始まって、そしてでき上がったのが「ミエルヒ」というドラマだったのです。

　結局楽しかったのです。このあと始まった撮影もあらゆることが手探りだったけど楽しかったのです。だれもが手探りだったから仕事のやり方はだれもが自分で見つけるしかなくて。だから、自分のできないことをできる人がいたらやってもらう。そうやって銘々ができるだけ身軽になって、自分の持ち場に自分からたどり着いていったと思うのです。そうするしかないから。でも間違いなく、だから楽しかったんだろうな。自分の持って生まれた人間的サイズや自分の生理に合った方法に自分でたどり着いて全体に機能していこうとしたから。

私も生まれて初めて取り組んだドラマの企画でしたし、プロデューサーをやってくれた福屋渉さんもドラマのプロデューサーは初めて、青木豪さんも長編ドラマの脚本は初めての挑戦、藤村くんにしても監督は「歓喜の歌」に次ぐ2本目だから初めての延長線みたいなもので、カメラマンの鈴木武司はHTBドラマで、そのとき10年、すでにメインカメラマンを張っていましたが、2000年に私の書いた脚本で撮った「四国R-14」というドラマの、それこそ「どうでしょう」スタッフ4、5人で撮った、初めての小規模ドラマのカメラマンが鈴木武司で。あのときもみんな手探りで。いや、もっともっと手探りで。鈴木武司も初めてのドラマで、報道カメラマンとしてだけではない人生が見えたのか、それこそ「おもしれぇ！　おもしれえ！」と叫びながら毎日コンテを切っていて。でもそれから9年ぶりに「ミエルヒ」のカメラマンをやる頃には、彼はもうドラマのカメラマンとしてベテランになっていて。ずっと美瑛《びえい》の丘や小樽や函館と、北海道の絵になる風景の中で美しい画を撮っていたのに、いきなり私が企画者で現れて、寂れてしまった江別でドラマを撮ると言い出した当初こそ、「どう撮ればいいんですか」と冷ややかに憤っているようでしたが、あの男もまだまだカメラマンとしての伸び代があったのでしょうね。びっくりするような迫力で石狩川を撮ってくれました。寂れていく町の風景を、寂れていくままに美しいのだと言っているかのように撮ってくれたのです。

最後まで困難だったけど、結局楽しかったのです。幸福な経験だったのです。

仕事というものがなんなのか、その意味も、そして人が生きている意味も、いまだになんだろうと思います。でも、仕事なのに楽しいときがあったのです。それなりに困難な状況だったのに、「いま幸福だよな」とむやみに実感し、充実していて、それが仕事だったというときがあったのです。

そして振り返ると、そんな経験をさせてくれた仕事は全部チームプレイだったように思うのです。勇気をくれる他人がいたのです。だからチームプレイがうまくいく。チームプレイがうまく機能すると人間は楽しくなる。楽しくなる。それはきっと自分が何かに機能しているときの証なんです。そしてチームの中には指導者という立ち場のいわゆる権威者は居なかったのです。居なかったのは、そういう人をそのとき誰も必要としなかったからだと思うのです。

それどころか、権威者が居なかったから楽しかったのだと思うのです。自分は、自分の持っている力を使って何をなすべきか、自分の役割へと、それぞれが必死にたどり着こうとしたから。そしてどこかに誰も着手していない未解決、未整理のところが残っていれば他の誰かがそこへ取り付いてゆく。そうやってそれぞれが穴を埋めていくから全体が上手く進んでいったのです。だからこそ銘々が銘々のできることをしていただけなのに結果的に物事が遅滞なく進展して楽しかったのだと思うのです。人が人に機能していく、人が全体に機能していくとは、実にそのような状態なのではないでしょうか。

もうひとりの、私の勝手な振る舞いを許してくれる人物、藤村忠寿という人とは、知り合ってから、すでに20年以上経ちますが。

彼と出会ったとき、私は36歳で、あの人は30歳でした。

出会った土地はここ北海道でした。

九州生まれの私が北海道で暮らそうなどと、私だけの人生設計では絶対思い浮かばない計画です。そんな北海道移住を計画し主張したのは私の女房でした。私はあてもなくその女房の計画につきあい女房の運転するバイクの荷台に乗っかれてしまうような男だったのです。そんな私に女房の親父さんは言いました「オレは自分でハンドルも握れないようなそんな人生はごめんだな」と。

でも、私は平気なのです。だって私は自分が何をしたいのか、やり始めてから思いつくような性質なのですから。だから、そんな私は、だれかの人生に乗っかって知らない場所へ連れて行かれるくらいが丁度いい。それはまるで風に飛ばされるタンポポの綿毛のような人生です。気まぐれに吹く風に乗って、思いもしなかった風景の中へ運ばれて、そこで根づこうとするのです。どこで根付きたいではないのです。降り立った場所で私は懸命に動き出す。そのときが私の人生の始まるときです。

しかし、そんな私のような性質の人間は映画の世界にもテレビの世界にもいませんでした。いまもきっといないでしょう。いるのは女房の親父さんのような独立心の強い性質の人ばかりです。ならば、そんな人間ばかりの世界で生きていくために、まず私がしなければならないことは人探しでした。何かやりたいという意欲と才能に溢れ、作りたい気持ちだけは強いんだけど、でも協力者を必要とするくらいに経験のない人間の人生に乗っかることです。

私はそういう人間を頭の片隅でずっと探していたのです。それも自分の人生設計にはぜったいそして私はその男をとうとう見つけたのです。それが藤村忠寿という人物だった。

なかった北海道移住の果てにです。

「自分でハンドルも握れないような人生はごめんだな」と女房の親父さんは言っていましたが、あながち、そうばかりでもないだろうと今は思うのです。自分の意志だけで全てを決めて生きてしまえば、私は北海道へ移住することもなかったのです。そうなれば私は藤村くんに接近遭遇することもなかった。そして藤村くんも私と出会うことがなければ、「水曜どうでしょう」も藤村くん自身も今のようなスタイルにはたどりつかなかったかもしれない。少なくともいまのようなスタイルの「水曜どうでしょう」はなかったと思います。それを思えば、流されて、偶然という得体の知れない力に影響されないかぎり、人生は意外性を失い薄っぺらいものになるのだと思えてきます。

自分の力だけで人生を進むことに強くこだわっていては、反対に、オノレの想像力を超えた世界のあることを知ることができなくなる。それを思えば、むしろ、風に飛ばされるタンポポの綿毛や、潮の流れに乗って海原をゆくヤシの実のように、押し流されて舵も効かないような不安な時間の中にいてこそ、人生は、偶然という得体の知れない力にさらされ影響を受け始めるのかもしれないのです。可能性は、そこにこそあるのかもしれないのです。

第十段　人生は生きていることが醍醐味ですよ

第十段　人生は生きていることが醍醐味ですよ

人生は、生きている、そのことがすでに醍醐味《だいごみ》なのかもしれないなと、思うときがあります。それは多く、出会いの中で思うことです。

だれかとの出会いが、この胸に、なんとも表現できかねる好い感じのものをもたらしてくれることがある。その好い感じのものの中で他人と心を通わすときが、おそらく人にとって一番幸せな時間なのではないだろうかと、私は経験的に思うのです。

でも、出会いなんて偶然のタイミングに過ぎませんから、いつ、そんな好い感じの出会いが訪れるかなんて分からない。それを思えば人生なんて実に頼りないものです。でも、生きているうちには思いがけない好い出会いがあって、思わず嬉しくなることがある。

その体験だけで世界はいっきに広がっていくのです。

それを思いますとね、人生の醍醐味とは、実は、出会いを待って、ただ生きているという、それだけのことに尽きるかもしれないとすら、思えるのです。だから、日々を生きるという、そのことに心を砕く、人生はそれだけで好いじゃないかと思えるのです。

ほら、忠犬ハチ公と呼ばれた犬がいたでしょう。あいつは、自分の主人の帰りをいつも渋谷駅で待っていて、ご主人が改札を出てくると大喜びです。それもまた幸福な出会いです。

でも、そのご主人が不意に亡くなってね。そのことが分からないのが犬畜生の哀れです。ハチは来る日も来る日も、それこそ雨の日も雪の日も渋谷駅の改札の前で帰ることのない主人を待っては待ちぼうけの日々です。

ご主人が帰ってくる時間になるとどこから現れるのか渋谷駅の改札の前で待ってい

る。そうしてそのまま夜になり、今日はもう帰らないと思えばハチは虚《むな》しく家路につくのです。そんなことをハチは死ぬまでつづけてね。そんなハチの人生にいったいどのような意味があったでしょう。半生を無為に過ごしたともいえるでしょうか。でも、最初こそそう思って哀れな犬よと見ていた人間たちも、あまりにも長きにわたり繰り返される行為のなかで、あまりのハチの熱意に、やがて心がぐらぐらしてくるのです。不意に何かに気づかされ突如として羨《うらや》ましくなったのではないでしょうか。自分の人生を大好きな人を待ちつづけることに費やしたハチという犬と、その主人との間柄にです。そして、いつしか人は、帰るはずのない人を待つというこの実益のともなわないハチの行為に得体の知れないものを見はじめたのだと思うのです。この、無意味と思える行為の中に、無意味とは思えない何かを人は見始めるのです。

ハチは、自分の主人との出会いの中で、自分がもらった幸福が忘れられなかった。ならばそのハチの幸福は、それを与えたご主人の死とともに滅亡したはずと人は思うけれど、ハチは「ご主人は帰ってくる」と信じつづけ待ちつづけたのです。ハチにとってご主人は憧れだった。生きている意味だった。生まれてきた意味だった。だから帰ってくることを待ちつづけられた。

無益とはなんでしょう。無駄とはなんでしょう。無為とはなんでしょう。そう思わせてしまうほど得体の知れないことをハチはしてしまったのです。そして、生まれも、育ちも、見てきたものも、経験したことも、まるで違う人間たちが、それぞれに、そんなハチの身の上に等しく共感してしまうとはいったいどうしたことなのでしょう。生きるという行為の日々の繰り返しの中で、いったい私たちはこの胸の中にどのようなものを育《はぐく》んでいるのでしょうか。そうやって育まれたものに私たちはどこへ導かれていくのか。

当時、多くの行きずりの人たちが、渋谷駅頭で帰らぬ主人を待つハチという名の犬と出会ったはずです。そうして、時代が下った今も、ハチという犬のことを語り継ぐ人がいて、そのエピソードの中でハチという犬と出会う人が未だにいる。ハチという犬が私たちに与えつづけるものはいったいなんだろうと思います。

不意に得体の知れないことを始めてしまう生き物がいて。その得体の知れなさの繰り返しの中で、最初こそ向けられていたはずの嘲笑《ちょうしょう》や哄笑《こうしょう》が、突如として激しく自らの胸を打つほどの共感に転じてしまうことの得体のしれなさ。そんな得体の知れないものを私たち生き物はこの胸の奥に潜めている。私には、そのことがとても重要なことのように予感されてしまうのです。

平成25年の正月のことです。

東京の友人からの年賀状に奇妙なことが書かれていました。

「昨年の春、前の年に蛹になって冬を越したアゲハチョウの幼虫たちが次々と羽化し、我が家のベランダから牛込の空へと飛び立っていきました。ところが一匹だけ、羽化に失敗し羽が開かなくなったアゲハがいたのです。とりあえずと私はそのアゲハを家の中へ入れ、観賞用の植木を棲家《すみか》に与えて放し飼いし、以来、アゲハは我が家の住人となりました。

毎日、砂糖水をあげていると、やがて朝昼晩、ご飯の時間になると羽をバタバタやって暴れ、普段は丸く収まっているストローをだしておねだりするようになり、満腹になると今度はピッとおしっこをする。まるで犬や猫みたいに前足で顔を掃除する姿はとても愛らしく、手に乗ったり、胸のあたりにとまって一緒にテレビを見たりと、不思議で幸福な時間を過ごすうち、私たち夫婦はいつしかこの小さなチョウと心を通い合わせるようになったのです。アゲモと名づけたこのチョウは、10日たらずと言われているチョウの寿命をはるかに超える47日という驚くほどの長寿のうちにその生涯をとじました。私たちが嬉しいとき、悲しいとき、いつも優しくそばにいてくれたアゲモのことを今も懐かしく思うのです」

その年賀状には、友人の指にとまって、飛べない羽を広げたまま、おとなしくこちらをじっと見ている一匹のアゲハチョウの写真がありました。私はそのアゲハチョウの目に昆虫とは思えない、慈しむものを見つめる奇妙に人間っぽい表情を見るのでした。

この友人夫婦は、このとき、初めて授かった子どもを流産して傷心のときであったのです。だからこそ、一匹のアゲハチョウにもこれほどまでの感情移入ができてしまえた。

そして羽化に失敗して、死を待つのみだったこのチョウも、このときの夫婦同様、特殊な状況だった。そんな三つの命が種を超えて心を通い合わせたのです。

私は、哺乳類《ほにゅうるい》や鳥類なみに、昆虫も人に情を寄せるのだというその事実に驚きを禁じることができなかったのです。

感情という、いや、中でも、人の気持ちに寄り添おうとする情などといった、野生からもっとも遠く離れた、他の生命体に心を許して油断するという危険をおかすことをしなければ、とうてい到達することのできない心理世界へ、特殊な状況であったとはいえチョウが到達し、種を超えて人と情を通わせるなんて。そんな気分が昆虫の身に湧き上がることがあるなんて。そう思うとなんだかよく分からなくなってきたのです。

だって、よくアニメとか童話とかでね、ファンタジーの世界では昆虫から樹木からなにから生き物すべてが擬人化されて描かれることがありますけれど、子どもだましと思っていたそれにごく近いことが現実のこととして起こり得るのがこの世界の真の姿なのではないかと思えば驚く以外にないのです。そしてそうなったとき、昆虫といえども、心を許した相手を見つめるその顔に、人と同じような表情が現れるようになるのです。

この事態にここまで驚くのは私だけなのでしょうか。

生き物はすべて、種を超えて心を通わせることのできる可能性を秘めている。そういうことなのでしょうか。いや私はすでにそう思い込んでいるのです。

そしてこうも思い込み始めている。

その穏やかな可能性を万物から引き出し育んでいく力を持っているのが、日本人というこの列島に生息してきた民族の特殊性なのではないだろうかと。

人の気質は、その土地の風土が長い年月をかけて作り上げると思えば、こんなにも温暖で湿潤で清涼な水と緑と良質の土にめぐまれた環境に生きる生きものたちにとって、過酷というものからもっとも遠いこの日本の気候風土の中で生きることは、おのずと生きものの性質を温厚にしていくのかもしれない。苛烈《かれつ》でなくとも生きていけるからです。

温厚な風土が日本人という民族を育みその気性のうちに醸し出した優しさを用いて、日本人は知らないうちに種を超えて情を通わせるという可能性を生きものの身の上に芽生えさせるということを普通のことのようにしてしまう民族かもしれないのです。そのことの得体の知れなさに日本人が気づいていないだけ。そうなのかもしれないのです。

そう考えると、この先、この島国の住人の前にどんな運命が待っているのかはわからないにしても、日本人はこの恵まれた風土と気候を持つ砂州《さす》のように長く伸びて点在する島国で、これからも生き物と心を通わせ幸福に生きる、生きてみせるという、それだけのことをしつづけることが、日本人の持つ役割、日本人にしかできない役割であるような気がしてくるのです。

自分を育んでくれた環境の中で自分が獲得した気質に従って生きていく。振る舞う。
それが気分のままに生きるということならば、
世界がこの先、どのような道をたどろうと、
どのような事態になろうと、
人類が幸福を求める存在であるのだと信じるならば、
日本人は、覚えもない世界のしがらみのなかへなど入り込んでいかず、
それこそ鎖国をしてでも、この列島の上で種を超えて情を通わせ幸福に生きてみせる。
この緑豊かな島国の上でいつまでも幸福に生きる姿を世界に見せつづける。
それが、日本人の果たすべき、国際貢献になるのだと。

そんな得体の知れないことを、ハチという実益のともなわないことをしつづけた犬を知っている日本人なら、言ってもいいんじゃないだろうかと。

私は不意に思ってしまったのです。

第十一段　人類の役割

第十一段　人類の役割

私という男は、とくべつ何ができるというわけでもないのに、やたらと自分を肯定してしまう能力に長けているようです。この能力のお陰で、私は、へこたれやすい気質の割に、意外に「しぶとい」という結果を生んでしまうのです。

だって50代も後半になって定年も近いというのに私は未だに平社員で、上司も仕事仲間もいつのまにか全員年下、この状況は、かなりの窓際（まどぎわ）です。なのに私はとりたてて人生に行き詰まることもなく、むしろ年下の連中を何かと頼っては私のできないことは代わりにやってもらい、どうにもうまいこと生きているのです。これはある意味、大いにしぶとい。

でも、へこたれやすい私が、なぜ、こうまで「しぶとい」結果を出してしまうのか。私はある日、推理をしてみたのです。すると答えは意外にあっさりと出ました。

たとえば、私に来月、ライブ出演のスケジュールが決まっていたとします。そしたら「いやぁ、さすがにそれまでは風邪なんか引けないなぁ」と思って私は体調に気をつけるはず。この発想と対応です。つまり私の人生のこの先のどこかで、へこたれてなんかいられない理由がブッキングされているのでは、という推理です。決戦の日が予約されているのだろうという推理です。

私は来るべきその日の決戦に備えて体調を万全に整えようと早め早めの養生をしているのかもしれない。だから「へこたれそう」になったら自分のメンタルを健やかに保とうと懸命に復元に努める。それが私の「しぶとさ」の理由。それだ。私はいきなり答えを見つけてしまった気分でした。そうか、私には、この先の人生で何か大きな仕事が待ち受けているのか。ならば、私が注目しなければならないのは私のしぶとさなんかではなく、むしろこの先で待っている「へこたれてはならない理由」の方ではないのか、と私は思い始める。いったい何が待ち構えているのだろう。気になる。いや。もちろん私のこの先の人生に、大仕事の予定が入っているなんて事実はない。聞いたこともない。この本をお読みになっている多くの皆さんとご同様で、私の人生は、たいした盛り上がりもない普通の人生なわけです。いや、言ってしまえばサラリーマンとしての状況はすでに「まどぎわ」。それでも「意外にしぶとい」という「私の生き方の状況証拠から推理していくと」その「しぶとさの動機」として、どうやらこの先に決戦の日が待ち構えているからであろうという推測がなされてくる。そこへ考えが及ぶと私ひとりは盛り上がっていく。「なるほど、この先の人生で私には意外に大仕事があるのか」と。やがて私は自分で導き出したこの答えが気に入っていく。ここだと思うのです。私は自分で勝手に思い至った答えに疑いもなくズンズン分け入ってしまえる奴なのです。そして気がつけば、この世界と自分との関係を自分で勝手に解釈し始めるのです。

そういえば、人間には「第六感」なんてものがあるらしい。そいつが私のまだ気づいていないことまでいち早く察知して私に「この先で大仕事が待ち受けているぞ」と信号を送ってくるのかもしれない。それは、私の第六感が、私の知らない未来世界から送られてくる信号を独自のアンテナで傍受するみたいな話です。「何年・何月・何日・ライブ出演・スケジュール・入って・る・みたい・です・・・」

でも、この先でどんな大舞台が私を待ち構えているのか、そして、その日がいつであるのか、送られてくる信号にはなにひとつ具体的なことは記されていないのです、だから私はいぜんとして何も知らない、しかし、この先の人生のどこかで私が役割を果たす日が来る、そのことを私の第六感は傍受して私に信号を送ってくるらしい。「対応しろ！　へこたれそうになっても速やかに復元しろ！　その日のために！」と。その、なんら具体性を帯びない警告だけの信号に促されて、私は、あやつられるように懸命に対応に努めようとする。

この一連の順番は、私の意識のあずかり知らないところで進められるわけですが、これは、もともと私という人間の中に組み込まれたシステムが作動してのことと思うのです、となれば、このシステムがいわゆる本能というやつなのかなとも思えてくる。つまり、この本能というやつだけが記憶し、人智を超えて波動を察知し、決戦の日は近い、とそれだけを私に送信してくるこの一連のアラートは、私という個体には見当もつかない私の役割が私にあるのだと執拗に伝えようとしているのかもしれないと私には本気で思えてくるのです。いや、それは私に限ったことでなく、人類のはしくれとして生まれてきた人間それぞれが、それぞれの立場と力で人類全体に貢献するために果たさなければならない役割を持たされていて、それを果たすために私たちは今を生きているはず、おそらくそうなのだろうと、私ばかりは予感するのです。でも、多くの人は「じゃあその役割って、そもそもなんだよ」と、具体的なことを知りたがるのでしょうが、でも私ばかりは、「それはその日が来るまで我々人間には分からないことだ」と、謎のままで受け入れることができる。そういうことなのだろうと思うのです。私は、私という個人として生きながら、同時にもっと巨大なものの一部としても生きているに違いないと予感しながらでも、そんな私の役割の意味や、この先で待ち受けているものが何なのかは、うれしのまさみちという「わたし個人の視点」からはとうてい見えない、もっと巨大な「人類の視点」とでもいうしかない俯瞰からしか見えない光景なのだろうと思いはじめているのです。

いや、もっと実際のことを言うと、私の気持ちはずっと行き詰まっていたのです。

私がニッポン人として、このニッポンという国で毎日快適に暮らしているうちに。生まれてからずっと幸福しか知らなかったのに、なんだか、だんだんその幸福というものがよく分からなくなって、世の中はものすごい速さでどんどん便利になっていって、便利になるそのスピードが年々アップしていって、昨日より便利になったことの幸せを今日感じる前に、今日またさらに便利になるものだから、幸福を感じるより先に便利じゃないことにストレスを感じるようになってしまい。だから「いや、ちょっと待て」と、「一回どっかで止まればどうだ」と、「立ち止まれニッポン」と、「立ち止まらんことには、なにも考えられんぞ」「現在位置が確認できなきゃ地図も見れんだろう」と、地図も見れないバカでもそう常々思っていたわけだけど、でも時代は止まらない。

みんなと同じ時代を生きているのに、自分は自分が生きているこの時代を居心地が好いとは素直に思えない。こうまで次から次へと加速度を上げて便利にされてしまうのは、いったい誰が望んでのことなのだろう、これは誰のための進歩なのだろう、それが分からなくて、そのうち、そんなこととの積み重ねが疎外感にも感じられて……それで私はひとり勝手に行き詰まっていたという……そういう現実がまず先にあったと思います。

世界中の誰だって豊かに幸せになりたいって願っているだろうに、ニッポン人はその幸せの中にいるだろうに、そのニッポン人の私が「いまやなにが幸せなんだかよく分からなくなっている」なんて。それ以上の行き詰まりはないなぁ〜と、私は、ひとり思っていたのです。

でも、あれは「水曜どうでしょう」のアフリカロケから帰った年の夏です。

「風立ちぬ」というアニメを映画館の暗闇で見るうち。

私は気づいた気がしたんです。

「あぁ……どんな時代に生きていたって、未来はあるんだな……」って。

「未来はいつだって希望の中にあるんだな……」って。

なんだろう。私、どう言えば好いんでしょうね。

いや、もちろん私があの映画を誤読しているだけなのかもしれないのですが、あの「風立ちぬ」という映画の持つなにかが、私の中のスイッチに触れたと思うのです。

政治、経済、流行、いまも昔も、社会はいったい誰の力が作用して進むのでしょう。

アニメ「風立ちぬ」の舞台となった戦前の日本、あの頃この国ではどんな力が発動して、誰が望んで、日本は世界を相手の戦争へと進んでいったのでしょう。戦争が始まる直前の新聞の社説を見ても、のどかな日常と記者の理性が見て取れるばかりです。

どうやら戦争直前の多くの人の目にも世界と戦争することは無謀なこと、だれも望まないこととちゃんと見えていたようなのに、それでも、時代は戦争へ向かってしまった。そっちへ向かうのは好くないと多くの人が分かっていながら、誰もブレーキがかけられなくて、とうとう戦争の時代に突入していった。戦争が始まってしまうと始まる前とは価値観が一変して全員が同じ方向を向いて熱狂して、誰も正直にものを言えなくなる。言わなくなる。

でも、そんな時間軸と違うところで、アニメ「風立ちぬ」の主人公、堀越二郎は、自分が敬愛するイタリアの飛行機製作者カプローニの幻影と、いつも胸のすくような雲のたなびく空で会うのです。そのカプローニとのシーンがストーリーの中に何度もはさまれて、そのたびに私たち観客はスクリーンの中の2人と一緒に、大空にいる。そうして二人のそばで一緒に空を渡ってゆく風を感じ、果てなく浮かぶ雲を見るのです。

私は、たなびく雲と、並び立つカプローニと堀越二郎を何度も眺めるうちに、わけもなく幸福な感じがしてきたのです。あぁ、そうだ……人類の未来というものは大きなロを開けて我々を待ち受けている線路の先にできた大穴のようなものではないのだ……、そうじゃない……。未来はいつだって、いま、この時代に足りないもの、それを求めようとする自分の気持ちの先にあるものだ……と、そう素朴に思えたのです……。

どんな時代にも人として生きる上で足りてないと感じるものがある。だったら、その足りていないものが求められる方角へ私は舵を切る。未来はただ……そうやって舵を切った私やあなたの気持ちの先にある。それが未来……。そうだ、そうだったんだなって思えたんです。なんてシンプルな……。そんなら、どんな時代を生きていようと未来はもちろん希望の中にある。そう思うことができたのです。

時代というのは、今という名の列車にみんなと一緒に押し込められて、ただ一本のレールの上を走っているってことじゃあない。前方の空に暗雲が立ち込めて、嵐だ、嵐だと、誰の目にも分かって、みんなはあれほど騒いだのに、列車は、誰が望んでのことなのか、ポイントを切り替えることもなく、どうしても嵐の中へ向かっていく、なんていう諦めの中にあるのが未来なんてことはない。

そうじゃない。それは未来じゃない。私たちはもっと自由です。未来はいつだって、自分が向かおうとする気持ちの先にあるものです。

だって、人類の祖先はアフリカで生まれ、そこから何十万年もかけて世界中に拡散していったのですから。安住を求め、幸福を求め、いつだって足りないものを求めての旅だったはずです。そんな人類の歴史は、自分の足で歩いて、自分で舵を切り、幸福を手に入れようと向かった結果の連続です、それが未来です。そんな祖先の未来は連綿と私たちの足下まで続いている。私たちは、その膨大な時間のへりに立っているのです。それが今です。ならば、次は私たちが旅に出る番です。足りてないと思うものを求めて旅に出る。その先に待つのが未来です。それだけの話です。

私は時間を逆に辿り、祖先の足取りに想いを馳せるうち、不意に浮力を感じて、不思議に気持ちが楽になったのかもしれません。私は、私という個を離れ、ふわふわと浮き上がっていき、これまでの人類の足取りいっさいを空の上から一望しているような気分になったのかもしれないのです、私の視点は上昇し、視界は広がってゆくばかり。眼下に広がるのは人類の故郷アフリカのサバンナでしょうか。豆粒のように小さくなって走ってゆくのは、あれはヌーの群れ。数百頭、数千頭、数万頭のヌーが、塊となって、まるで意思を持った一匹の巨大な生きもののように、ひとつの方角を目掛け走り続けています。私たち人間も人類という名のあのようなひとつの群れです、人類だってあのヌーのように巨大な塊となって、ひとつの方角を目掛け走っているのではないでしょうか。私といった個人の意識や思惑などを遥かに超える巨大な意思に命じられながら。空の高みから見下ろしてみれば、私という個体はもうどこにも見えない。見えるのはただ人類として駆けている巨大な群れ。私はおそらくその巨大な群れの細胞の一個となって働いているのでしょう。細胞としての私は本能から送られてくる電気信号に促されるまま、全体に貢献すべく役割を果たそうとする全体のなかの一個です。私が全体の何に貢献しているのか私には分かりもしないのに私は夢中になって働くのです。私は何をしているのでしょう、残念ながら、それは私にはわからない。でも、昨日も今日も、人類全体が支障なく動いているならば、たとえ昼間から寝転がっていようと、目的もなく旅をしていようと、職探しをしていようと、その人はきっと役割を果たしているはずなのです。そう思ったとき、私は、ひとりぼっちから解放された気がしました。

「人類の視点」

それは個として生きる私が、私という限界から自由になれる高みまで私を導いてくれる視点です。

個として生きる私には、群れ全体の動きなど見えはしないけれど、ある方角へ向かおうとする人類の意思は本能というこの私の胸のどこかに組み込まれているシステムが受信しているはずだから、その電気信号が私の羅針盤の針を動かし私をひとつの方角へ導いていているはずだから、その針の振れる方角へ私は向かえばいい、その針の振れこそが私たち人間の持つ気分というやつではないか、私はそう予感するのです。私たちは、この社会で生きていくために政治や経済や流行やらに縛られるけど、縛られた挙句そんなものに縛られたくないと思うときがあるのならば、そのときは自分の目指したいと願うことを目指してしまえばいい、きっとその先に人類が進みたがっている未来があるはず。その予感です。人間が個人個人楽しくなる気分にしたがってバラバラなことをしているように見えて、でもそれは人類の視点から見下ろせば、そこにヌーの群れのように同じ方角を目掛けて駆けていく人類という群れが見えるはず。そんな風景が眼下に広がると信じて、生きたいように生きるのが人類の視点だと私は予感するのです。私の役割は私に組み込まれた本能しかしらない。ならば私は失敗を恐れてばかりいてはならない、空気ばかりを読もうとしていてはならない、ただオノレの成したいと願うところを成せ。その視点を信じた先に人類の未来はある。

私はそう思い込んでいるのです。

私は自分が何の役に立っているのかを知らないのです。でも私は生きている。生きているのなら、それは「生きていていいのだ」と私以外の誰かに生きることを許されているからであり、許されるのは、きっと私がなにか役にたつことをしていると気づく他人がいてくれるから、と。私はもうそう考えていいと思っているのです。ただ、私がなにをしているのか、それは私には一向に見えはしない。だったらそれはもう私個人の視点からは見えないこと。それは個を離れた「人類の視点」からしか見えないこと。そのことを私は果たそうとしている。だから生きている。生かされている。

私は、会社の中に勝手にこしらえたカフェの中で、人類の視点というもうひとつの視点から人類全体を見つめている気でいるのです。いや、そう思い込んで私は生きることにしたのです。思い込む。思い込み。それだけのことです。だって思いついたことの根拠を証明するものを私はなにも持ち合わせてはいません。でも、自分で「きっとそうだ」と思い込む以外に、人間、生きていきようはあるのでしょうか。どれだけ生きても、どれだけ世界を眺めても、私たちが手にするのは自分がそうだと思い込んだ世界だけ。この世界を解釈するのはいつだって自分なのです。

私は何処へ向かおうとしているのでしょう。それは、どこまでも自分に問いかけるしかないことです。でも、問いかけても問いかけても、自分がどこへ向かおうとしているのか、それはまだ自分も知らないのです。おかしな話ですが、でも私には、もうそれで好いと思えるのです。

エピローグ

私はカフェの道具を仕舞うと、会社の渡り廊下を渡って、屋上に巨大なｏｎちゃんのそびえ立つ新館の4階へ向かいました。そこには編集室の小部屋があるのです。私はその編集室のドアを開けました。

「おぉ佐野くん」

「あ、おはようございます。どうされました？」

「いや、とくにどうもしないんだけどね……」

佐野くんというのは「水曜どうでしょう」のＡＤさんで、たしか26歳のときに私らの部署に来て、私や藤村くんとはそれ以来の付き合いなんだけど、佐野くんはそのときからずっと丁寧な言葉で受け答えをする人なのです。その言葉遣いが4年経《た》ったいまも変わらない。そればかりか、それまでの私の人生で、いきなり編集室のドアを開けて、「なんすか？」と不審がられることはあっても、「どうされました？」と気遣われたのは佐野くんが初めてのことだった。他人行儀という言葉があるけど、4年間丁寧な言葉の抜けない佐野くんにそんなよそよそしさは感じられない。不思議な人です。

「佐野くん、いまヒマじゃないよね」

「そうですねぇ…ヒマではないですねぇ」

たしかにそうだ。我ながら私もおかしなことを聞いたと思う。会社に来てヒマしている人はいないだろう。いればおかしなことである。なにしに来てんだ、ということになる。ただ、そう思いはするものの、心のどこかで自分がそのおかしなことになっているような気がするところもあったものだから、「ヒマではないですねぇ」という佐野くんの返しに私は瞬間心がつんのめりそうになった。

4年前、26歳ですでに2歳と1歳の子持ちで、なおかつ奥さんのお腹には3人目が宿っているという新人が入ってくるというので、「その若さで年子を3人。あぁ……きっとバカなんだな……」と、彼の子づくりを計画性のなさと断定した私だったけれど、それは大いに違っていたなと、そのあとすぐに気づいたのです。佐野くんは若い身空で、ちゃんと自分の頭で考えて生きているしっかり者だったのです。

佐野くんは末っ子ながら上のお兄さんとは20歳も年が離れているから、お父さんは佐野くんの年齢からするとご高齢なのです。だから佐野くんには早くから独立心があったようなのです。佐野くんの3人目の子どもが無事に生まれてから一度佐野くんの家にお祝いを持って遊びに行ったことがあったけど、お家のドアを開けたら、きっと落ち着いた雰囲気のしっかり者のアネさん女房的な奥さんが出迎えてくれるんだろうと勝手に思っていたら、イマドキめいた派手な顔立ちの年下的な可愛いおねえちゃんが出迎えてくれたのが意外でね。「あれ？　奥さん可愛いじゃないのよ。なんだよ、佐野くん。そのへんちゃんとやることやってんじゃないのよ」と、私は妙に感心したものでしたが……。

「佐野くん、オレ、しゃべって好い？」
「はい。どのような？」
「あ！　その前に」

「はい」

「生まれたの？」

「はい、おかげさまで」

実は佐野家には3年ぶりのことだったのですが、またしても奥さんに子どもができたそうでね。でも4人目というのは、さすがの佐野くんにも想定外のことだったようで、そろそろ奥さんにも気晴らしも兼ねてパートに出てもらったりしてね、佐野くんの薄給に対して多少なりとも援護射撃的副収入をという計画も今年からいよいよ始動！という動きも準備されていたようなのですが、このたびのご懐妊であえなく頓挫しましてね。またしても奥さんは、4人に増えた子どもらと、ストレス発散のために亭主に内緒で衝動買いしたインコ2羽と自分と亭主という、生命体でぎゅうぎゅうにひしめく2DKから出ることも叶《かな》わずに子育てに奮闘する毎日を迎えることになったということでね。

「でも、若いからできるようなことだよね」

「そうですね。でもなんでしょう……」

「ん？」

「どの子も可愛いんですが……」

「うん」

「今度の子は、3年空いたということもあるんでしょうか……なんかですね、やたら可愛く思えるんですよ」

「あ、これまでになく……」

「はい。なんかですね、その可愛さがですね……うまく言えなくてですね」

「それは、あれかもしれないね、佐野くんたち夫婦が3人子どもを育てるうちに子育てのベテランになっていたということから生じてくる余裕とね……そのあと3年空いていた気持ちの蓄えも手伝っての余裕の中で初めて味わえるようになった感情なのかもしれないね」

「あぁ……そうかもしれないですね」

「あとは……なにかしらあんたが抱えたものを託す子どもなのかもしれないね」

「……」

「なんかさ、あんたと分かり合える、あんたのことを分かってくれる……子どもなのかもしれないってことね。いや、まだ生まれたばかりでなんの情報も佐野くんはその子から得てはいないんだけどね、でも、すべてを瞬時に察知する能力が人間にあっても不思議はないなってオレは思うほうだからね」

「だとしたら不思議ですね……」

「え？　なにが…」

「予定していなかった子どもだったのに……」

「あぁ……たしかにね……」

「……」

「でも。人が生まれてくるのって、どうして好いなって思うんだろうね」

「なにか、わけもなく賑やかになっていくように思えるからでしょうか」

「そうね、だから、楽しいのかな」

「はい……」

「それと、なんだろう、なにか、終わらない感じもするのかもしれないね」

「あぁ、そうですね」

「どこかでは終わってしまう人生もあるだろうに、こうやってまた始まる人生があるんだもん。それって結局、人類にゴールは用意されてないってことだよね？」

「え？」

「いや、生まれてきて、また生まれてきて、また生まれてきてってさ、どこまでも繰り返すじゃない」

「はい」

「どこまでも繰り返すってことは、そもそもゴールすることなんか目的じゃないってことなのかなって、思ったからね……」

「あぁ」

「繰り返すってことだけ、じゃないいんだろうか」

「繰り返す……ですか？」

「うん、たとえば幸せも、やっぱり繰り返すじゃない。ほら、やっとみつけた幸せなのに、なぜか長持ちはしないよね。幸せは、どこかで時間切れになる」

「あぁ…」

「でも、しばらくするとまたどっかで幸せな気持ちが巡ってくる…。結局さぁ、幸せって考えてみたら自分は今の自分のままでハッピーだったんだなって気づく瞬間なんだよね。あぁ、いまのままで、いまあるあたしのままで、あたしは幸せだったんだって気づく。素直にそう思える、幸せってそれなんだよね。気づきなんだよ。でも、せっかく、あぁそうだったなって気づけたのにまたどこかでそう思えなくなってしまう。そしてまた長い回り道や寄り道をしながら、いつかまた気づく。あぁ、やっぱり自分はあのあとも幸せだったんだなって…。なんかそれってね…いや、ってことはさ…人間って本当はもうすでにハッピーな世界で生きてるんだってことじゃない？　それなのに、なぜか、だんだんそのことに気づけなくなってしまうんだ。でも、なんかをきっかけに、また気づく。繰り返してるんだよ。どうしても繰り返す。なんでだろう。でも人生はそうなるようにできているんだよ。おそらく人生は、我々人類に繰り返すということをさせたいんだろうね。あぁ幸せだったっていう感激を繰り返し体験させたいのか。あぁ幸せだってしみじみ感じる幸せの鮮度が色褪せないように、いったん奪うことで再び与えられたときの喜びを大きなものに保とうとするのか、なんにせよ、繰り返すことの時間の長さだけが人の意識を無理なく変えていく。大丈夫。手放しても大丈夫だって教えてくれる。これはこの世界の仕組みなんだって。手にした幸せは淡雪のように消えていくけど、でも大丈夫。またいつか私の手のひらに降りてくるからって。そんなふうに繰り返すことだけが教えてくれる。このからだに根気よく、辛抱づよく刷り込んで、そしていつか信じさせてくれる。生きている限り、人は繰り返す時間の中で幸福に巡り会う…。生きるってきっとその繰り返しなんだって…。だから人生で重要なことは…繰り返すこと、それだけなんだって…この世界はきっと、そんな果てしないものばかりで…できているんじゃないのかな」

と、そんな風に佐野くんとの会話を綴ってから3年たった２０１８年12月現在、佐野くんの奥さんは6人目の子どもの出産を終えている。この現実は、右の文章に登場する4人目の子どもを授かって感慨深い頃の佐野くんには到底知り得ぬ未来である。佐野くんは今や33歳にして6人の子の親。現代社会において、これは偉業である、人類に乾杯。

解説

どうでしょうさんのこと

シャープ公式ツイッター @SHARP_JP の中の人 山本隆博

「は、はじめまして、シャープのツイッターを手がける山本と…申します」
「おーどうも、シャープさん、嬉野です」

どちらもれっきとした会社員だ。まずは名刺交換をする。

「え…嬉野さん、平社員なんですか、そう言うぼくも平社員ですけど」
「ヒラだねぇ、追い風吹いてきたのがようやく21年目だからね、だからまだ平社員」
「21年ですか…」

「21年だねぇ…」

ずっと「水曜どうでしょう」の番組越しに、いや正確に言うと、この本を手に取った我々と同じく、あの男たちの珍道中を、カメラを通して見つめてきた嬉野さんに、はじめてお会いした時の会話だ。ひょんなことから、大阪で嬉野さんと私のトークイベントを開催してもらえることになり、その当日のことである。会場の控え室だった。

嬉野さんは北海道テレビのホームページ内に設置された、「水曜どうでしょう」の掲示板で、自らの言葉で番組ファンと交流を行ってきた。いまでも一部閲覧できるが、嬉野さんと藤村さんの日記でもあり、ファンそれぞれの近況報告でもあり、時には悩み相談の場であり、はたまたDVD発売の告知や視聴者からの購入報告、そしてそれに対する嬉野さんの「お買い上げありがとう」などなど、驚くほど距離の近いコミュニケーションが繰り広げられていたことがわかる。2000年から2005年くらいのことだから、企業（正確には番組を制作する社員）とお客さんがネット上で直接語りあっていたという事実は、デジタル領域の広告コミュニケーションの歴史からみても、そうとう時代を先取りしたアクションだったと思う。

かたや私は、2012年あたりからツイッターを舞台に、企業と個人の境目をあいまいにするかのような言葉とふるまいで、積極的にお客さんとコミュニケーションすることに没頭していた。もちろんその行為は会社員である私にとって、マーケティングという企業活動の延長にある、ごくありふれた仕事だ。だが実感として、30代女性だとかシニア世帯だとか、お客さんを属性のかたまりへと勝手に区分したり、あるいはテレビの買替えや新生活の家電購入といった、万単位のニーズとして、お客さんを刈り取ろうとする従来の宣伝広告とは、決定的に手触りの異なるものであった。やれといわれてやる、サラリーマン特有の行きがかり上の変遷とはいえ、テレビコマーシャルを作る仕事から、生身でツイッターというネット世間と相対する仕事へシフトした私は、その違いを人一倍感じられたのかもしれない。ネット上でひとりひとりのお客さんと向き合うことは、企業の活動として一見非効率に見える行為ではあるが、その距離の近さゆえ、私もお客さんも、そのコミュニケーション自体がかけがえのない体験や思い出になりうるのだ。ましてやSNSである。その体験や思い出は可視化され、シェアされることになる。ゆるいと称されるツイートは徐々に評判になり、フォロワーは年々増え続け、私はいつしか「シャープさん」とツイッター上で呼ばれるようになった。

そのような、嬉野さんと私のオフィス仕事に、「企業を親しい存在にしたふたり」という共通性を見出した奇特な人（T木くんといえば伝わる読者も多いかも）によって、トークイベントが開催される運びとなったのだ。とうぜん私は、あの嬉野さんとトークするわけで、かしこまることしきりである。だが事前に綿密な打ち合わせをすることもなく、イベント開始30分前が初対面。もちろん私はこの本をお読みになったみなさんと同じく、「水曜どうでしょう」という、奇跡と誠実が同居する稀有なテレビ番組のファンとして、一方的に親近感を育んだ上での初対面だった。

嬉野さんとのはじめての会話は、のんびりと、しかし前のめりに続く。

「あの、嬉野さんは、会社を辞めようと思ったことはないのですか？」

私がぜったいに嬉野さんに聞いてみたいことだった。シャープという会社はご存知のとおり、２０１２年から数年間、経営悪化やリストラ、どこに買収されるかといった面で、日常的に世間の注目を集めることになる。そしてその逆境に並走するようにして、私はツイッター上で企業公式アカウントを運営せざるをえなかった。アップダウンを繰り返す会社の中から、硬直化する組織への諦念と、自らの言葉で世間と向きあう興奮がまざりあう、公式ツイッターという仕事に就き、ほぼ毎日ツイートして5年が過ぎたころ。会社と個人の境界を行き来する思考に、そして微力ながらも自分自身の言葉ひとつで世間と対峙する生活に、少しうんざりしていた時だった。

「あるねぇ」

「ありますか…嬉野さん、どうして辞めなかったんですか」

「やめるのをやめようと思ったの。考えて考えて、会社に考えがないと気づいて、会社に貢献している自分が、会社を出るのはどうかと思った」

嬉野さんが会社員を辞めようと思ったのは、とつぜん大きな組織改革が北海道テレビの中で行われることになり、自分がいた「番組を作る場所」が失われそうになった時だそうだ。嬉野さんは考えて考えて、そして考えるのをやめて、会社の会議室を勝手に占拠し、なぜかカフェをはじめる。そう、〝うれしー〟こと、嬉野雅道の初エッセイにあたる著書『ひらあやまり』冒頭のお話だ。

文中で嬉野さんは「そんなら自由な雰囲気、あることにしてみっかな」と、怒られるのを承知でカフェを勝手にはじめる。カフェと墨書されたコピー紙が貼られた会議室は、もちろん無許可だし、それゆえ社内における異形さを、なぜかコーヒーの香りとともにふんわり匂いたてる。

〝自分で思いついたことを実際にやり始めたとき、「好きにやれ」と後押しなんかされなくていい。ただ、とくに排除されないという状況さえあるのなら、自分の行為は許され、自分の居場所はここだという独立の気分を人間に与えていくのだろうと予感するのです。自由な雰囲気というのは、そういう順番で人の心に明るい気分を灯していく。〟

嬉野さんが勝手にカフェをはじめた時の会社の空気は、おそらくあまり明るいものではなかったはずだ。それでも毎日、嬉野さんの異形のカフェは、呑気に同じ場所にあり続ける。なぜなら、そこにあり続けることだけが、人の懸念や不安を溶かすからだ。それは非合法的カフェへの猜疑心だけではない。なんとなく、私はここにいてもいいのだろうかという、その当時の同僚がまとう落ち着かない空気にこそ、嬉野さんのカフェが溶かそうとしたものでもあったはずだ。

そんな異形の場所へ、ある日だれかが入っていくのを見た。次の日は中でなんだか楽しげにしている人を見た。また別の日、自分の友人が中にいるのを目撃する。
「え、怒られないの？　もしかしてここって安全？」
そう思う人はゆっくりと、だが着実に増えていく。

嬉野さんは、わかっているのだ。得体の知れないものは、あらかじめ、安全や存在の意味を示すことはできない。だって未知なんだから。だからこそ、たとえそれが本人の確信に裏打ちされたものであっても、「あり続けて」「目撃される」ことを通すことで、周囲にその価値をゆっくりと理解してもらうしか方法はない。未知で得体の知れないものは、事後的にしか、存在を認められない。それは、「水曜どうでしょう」のあり方にもどこか通じるように、私には思える。「水曜どうでしょう」はその後、ファンと直接結びつくことで（嬉野さんが掲示板で行ったことも大きいはず）、外へ外へと得体の知れない魅力を駆動してゆくのだけれど。

〝結局、この「目撃の繰り返し」だけが「社会は恐ろしいだけの場所ではない。自由に寛いでもいい場所でもあるのだ」という認識に人の意識を変えていく唯一の道のりだと私は思うのです。〟

私がこのカフェの話を長々と追うのには理由がある。世間の風当たりが強い時期の会社で、比較的ゆるくて自由な発言を繰り返すツイッターアカウントを存在させ続けようとした当時の私が、嬉野さんのカフェへ、強烈に共感するからだ。たとえば以下の文章は、「カフェ」を「ツイッター」に、「社内」を「世間」に置き換えると、嬉野さんの言葉は驚くほどスムーズに、私の思いを代弁してくれる。

〝私が会社で始めたカフェ（ツイッター）は、当たり前ですがいまだに会社公認ではありません。だから、いつか怒られるかもしれない危険ゾーンのままです。それでも、私が排除されない限り、そこは今日も安全な場所として社内（世間）で目撃されるのです。なんなら私が会社で今日もまた無事にカフェ（ツイッター）をやれている限り、

「日本はこの先も平和だ」と確認できると言って好いのかもしれない。〟

これ、僭越ながら私も、ほんとうに思っているのです。たとえ企業らしさ、公式らしさの感じられない言葉でも、毎日発し続けて存在を示すこと。毎日だれかに語りかけることで、「会社は悲観がうずまくだけの場所ではない」という認識を持ってもらうこと。そしていつか、無機質な企業のメッセージを、個人の体温を持った言葉として受け取ってもらえるように。

〝つまり、私が会社でカフェ（ツイッター）をやることは、そして、私と私のカフェ（ツイート）の安全が会社の中で目撃され続けることは、やがて、巡り巡って世界平和につながる遠因となっていくだろうと、私は真顔で思っているのです。〟

固く閉ざされていく社内の空気と世間の好奇と心配を同時に浴びるツイッターという場所で、私は6年前、言葉を発しはじめた。逆風の自社（もちろん自分も）の居場所を世間に容認してもらうためには、まず自分が進んで軒先に立たなければいけない。そして毎日かかさず、同じ場所からツイートし続けた。もちろんお叱りの言葉や、いわれのない非難もたくさん浴びた。なにより会社の中からの冷ややかな視線、いかがなものかという猜疑心を向けられるのがしんどかった。だけどいまなら、あの数年間の私を解釈できる。嬉野さんが勝手にコーヒーを淹れてふるまったように、私は勝手にふんばりながらも呑気に自分の言葉を紡ぎたかったのだ。『ひらあやまり』を手に取るたび、私は冒頭の第一段で、深く慰められる自分を発見する。

この本に限らず、嬉野さんの文章は、けっこう長い。自省をこめて自らをいったりきたり語りつつ、記憶や遭遇した景色をカメラのように描写し、嬉野さんの思考は逡巡しながらゆっくり進む。それはまるで、問わず語りの落語のようだ。

壁を隔てた向こうに観客の存在をほのかに確信しつつ、嬉野さんが微笑みながらしゃべる様が目に浮かぶ。嬉野さんの文章は、少し遠い場所にいる客にまで届くように、読者の反応に寄り添いつつ、筆が進められているような印象を受けるのだ。そう、それは掲示板やSNSでのコミュニケーションのように。

たとえば第七段の「池の鯉、池のカメ」など、その真骨頂ではないか。冒頭のカフェをはじめる話の続きともいえるこの文章を、私は稀代の名文だとさえ真顔で思うのですが、ここでは「あなたの居場所」や「わたしの役割」についてゆっくりゆっくりと語られてゆく。話はカフェでの悩み相談から、日本庭園にある池の鯉とカメに移り、やさしく展開する。愚鈍なカメと貪欲な鯉。手持ち無沙汰な観客は、鯉に餌をやりつつ、餌を食いっぱぐれるカメも同時に目撃する。その目撃を繰り返すうち、いつしか客はカメの存在に自らを重ね合わせるようにカメのために餌を投げ、カメを嘲笑から応援する立場に宗旨替えし、ふたたび餌を買いに売店に走る。カメは、売店の餌の売り上げを駆動する元だったのだ。

同僚の「仕事での自分の役割がわからなくなった」という普遍的な悩みに、カメラマンという役割をスルーされて褒められがちな自身の境遇をとつとつと語り、いつしか、ただただ鯉の横であがきつづけるカメ（カメとカメラはそういえば一字違いだ）の経済効果を説く嬉野さん。驚くことにこれは、「役割を自覚されえぬ人」が自覚されえぬまま役に立ち、いつもどこかで「かけがえのない人」であることの話なのだ。つまりは世界を肯定し、あなたを肯定する話なのだ。こうやって嬉野さんはいつもゆっくりと、私たちを慰めてくれる。嬉野さんはいつだって、じっと見つめた後、迂回してやさしいのだ。

話は少し戻るが、冒頭の嬉野さんと私のトークイベントは、ドキドキしつつ差し出す私の屈折した仕事観に、嬉野さんのやさしい人生観が打ち返され、即興ながら大盛況に終わった。この時のトークの詳細は、また別の機会を伺いたい。ただあの時の会話は、どこか嬉野さんがカフェで繰り広げていたものに通じるのではないかと、私は感じるのだ。嬉野さん、またお話しさせてください。

本書は、二〇一五年七月に小社より刊行された
単行本を加筆修正のうえ、文庫化したものです。

ひらあやまり

嬉野《うれしの》雅道《まさみち》

平成31年 3月25日　初版発行
令和6年 12月15日　3版発行

発行者●山下直久

発行●株式会社KADOKAWA
〒102-8177　東京都千代田区富士見2-13-3
電話　0570-002-301（ナビダイヤル）

角川文庫 21503

印刷所●株式会社KADOKAWA
製本所●株式会社KADOKAWA

表紙画●和田三造

ISBN 978-4-04-604092-3　C0195

角川文庫発刊に際して

角川源義

第二次世界大戦の敗北は、軍事力の敗北であった以上に、私たちの若い文化力の敗退であった。私たちの文化が戦争に対して如何に無力であり、単なるあだ花に過ぎなかったかを、私たちは身を以て体験し痛感した。西洋近代文化の摂取にとって、明治以後八十年の歳月は決して短かすぎたとは言えない。にもかかわらず、近代文化の伝統を確立し、自由な批判と柔軟な良識に富む文化層として自らを形成することに私たちは失敗して来た。そしてこれは、各層への文化の普及滲透を任務とする出版人の責任でもあった。

一九四五年以来、私たちは再び振出しに戻り、第一歩から踏み出すことを余儀なくされた。これは大きな不幸ではあるが、反面、これまでの混沌・未熟・歪曲の中にあった我が国の文化に秩序と確たる基礎を齎らすためには絶好の機会でもある。角川書店は、このような祖国の文化的危機にあたり、微力をも顧みず再建の礎石たるべき抱負と決意とをもって出発したが、ここに創立以来の念願を果すべく角川文庫を発刊する。これまで刊行されたあらゆる全集叢書文庫類の長所と短所とを検討し、古今東西の不朽の典籍を、良心的編集のもとに、廉価に、そして書架にふさわしい美本として、多くのひとびとに提供しようとする。しかし私たちは徒らに百科全書的な知識のジレッタントを作ることを目的とせず、あくまで祖国の文化に秩序と再建への道を示し、この文庫を角川書店の栄ある事業として、今後永久に継続発展せしめ、学芸と教養との殿堂として大成せんことを期したい。多くの読書子の愛情ある忠言と支持とによって、この希望と抱負とを完遂せしめられんことを願う。

一九四九年五月三日

角川文庫ベストセラー

大泉エッセイ
僕が綴った16年

大泉　洋

大泉洋が1997年から綴った18年分の大人気エッセイ集（本書で2年分を追記）。文庫版では大量書き下ろし（結婚&家族について語る!・）。あだち充との対談も収録。大泉節全開、笑って泣ける1冊。

けもの道

藤村忠寿

仕事への向き合い方、番組にかける思い、家族について、これからのこと。北海道発の人気番組「水曜どうでしょう」の名物ディレクター、〝藤やん〟こと藤村忠寿氏による、人生がちょっとラクになるエッセイ!

生きていてよかった

相田みつを

「誰のものでもない自分の言葉を、書という形式をかりて表現する」それが相田みつをの仕事だった。裸の自分を語りつづけた作品集。生きていくうえで様々な壁にぶつかり悩むとき、力づけてくれる言葉の数々。

雨の日には雨の中を
風の日には風の中を

相田みつを

「雨の日には雨の中を　風の日には風の中を」相田みつをの真髄であるこの言葉は、不安定な日々のまっただ中にいる私たちの心にそっと寄り添い、温めてくれます。ベスト&ロングセラー、待望の文庫化。

正義のセ
ユウズウキカンチンで何が悪い!

阿川佐和子

東京下町の豆腐屋生まれの凜々子はまっすぐに育ち、やがて検事となる。法と情の間で揺れてしまう難事件、恋人とのすれ違い、同僚の不倫スキャンダル……山あり谷ありの日々にも負けない凜々子の成長物語。

角川文庫ベストセラー

正義のセ2 史上最低の三十歳！
阿川佐和子

女性を狙った凶悪事件を担当することになり気合十分の凜々子。ところが同期のスキャンダルや、父の浮気疑惑などプライベートは恋のトラブル続き！　しかも自信満々で下した結論が大トラブルに発展し⁉

見仏記
いとうせいこう
みうらじゅん

幼少時から仏像好きのみうらじゅんが、仏友・いとうせいこうを巻き込んだ、〝見仏〟の旅スタート！　数々の仏像に心奪われ、みやげ物にも目を光らせる。仏像ブームの元祖、抱腹絶倒の見仏記シリーズ第一弾。

見仏記2 仏友篇
いとうせいこう
みうらじゅん

見仏コンビの仏像めぐりの旅日記、第二弾！　四国でオヘンローラーになり、佐渡で親鸞に思いを馳せる。ふと我に返ると、気づくは男子二人旅の怪しさよ……。ますます深まる友情と、仏像を愛する心。

見仏記3 海外篇
いとうせいこう
みうらじゅん

見仏熱が高じて、とうとう海外へ足を運んだ見仏コンビ。韓国、タイ、中国、インド、そこで見た仏像たちが二人に語りかけてきたこととは……。常識人なら絶対やらない過酷ツアーを、仏像のためだけに敢行！

見仏記4 親孝行篇
いとうせいこう
みうらじゅん

ひょんなことから、それぞれの両親と見仏をする「親見仏」が実現。親も一緒ではハプニング続き。ときに盛り上げ、ときに親子げんかの仲裁に入る。いつしか仏像もそっちのけ、親孝行の意味を問う旅に……。

角川文庫ベストセラー

見仏記5
ゴールデンガイド篇

いとうせいこう
みうらじゅん

京都、奈良の有名どころを回る〝ゴールデンガイド〟を目ざしたはずが、いつしか二人が向かったのは福島県。会津の里で出会った素朴で力強い仏像たちが二人の心をとらえて放さない。笑いと感動の見仏物語。

見仏記6
ぶらり旅篇

いとうせいこう
みうらじゅん

ぶらりと寺をまわりたい。平城遷都1300年にわく奈良、法然上人800回忌で盛り上がる京都、そして不思議な巡り合わせを感じる愛知。すばらしい仏像たちを前に二人の胸に去来したのは……。

見仏記7
仏像ロケ隊がゆく

いとうせいこう
みうらじゅん

仏像を見つめ続け、気づけば四半世紀。仏像を求めて移動し、見る、喩える、関係のない面白いことを言う。それだけの繰り返しが愛おしい、脱線多めの見仏旅。ますます自由度を増す2人の珍道中がここに！

いまを生きるちから

五木寛之

なぜ、日本にはこれほど自殺者が多いのか。古今の日本人の名言を引きながら、我々はどう生きるべきか、苦しみ悲しみをどう受け止めるべきかを探る。「情」「悲」に生命のちからを見いだした一冊。

落下する夕方

江國香織

別れた恋人の新しい恋人が、突然乗り込んできて、同居をはじめた。梨果にとって、いとおしいのは健悟なのに、彼は新しい恋人に会いにやってくる。新世代のスピリッツと空気感溢れる、リリカル・ストーリー。

角川文庫ベストセラー

泣かない子供　江國香織

子供から少女へ、少女から女へ……時を飛び越えて浮かんでは留まる遠近の記憶、あやふやに揺れる季節の中でも変わらぬ周囲へのまなざし。こだわりの時間を柔らかに、せつなく描いたエッセイ集。

泣く大人　江國香織

夫、愛犬、男友達、旅、本にまつわる思い……刻一刻と姿を変える、さざなみのような日々の生活の積み重ねを、簡潔な洗練を重ねた文章で綴る。大人がほっとできるような、上質のエッセイ集。

はだかんぼうたち　江國香織

9歳年下の鯖崎と付き合う桃。母の和枝を急に亡くした、桃の親友の響子。桃がいながらも響子に接近する鯖崎……〝誰かを求める〟思いにあまりに素直な男女たち＝〝はだかんぼうたち〟のたどり着く地とは――。

作家の履歴書　大沢在昌他
21人の人気作家が語るプロになるための方法

作家になったきっかけ、応募した賞や選んだ理由、発想の原点はどこにあるのか、実際の収入はどんな感じなのか、などなど。人気作家が、人生を変えた経験を赤裸々に語るデビューの方法21例！

ロッキン・ホース・バレリーナ　大槻ケンヂ

その頃の耕助ときたらこの世界の仕組みの何一つ知らなかった。そんな耕助がボーカルを務めるパンクバンドが、初めての全国ツアーに出かけ、ゴスロリ娘を拾った!? 大興奮ロードノベル。

角川文庫ベストセラー

いつか春の日のどっかの町へ　大槻ケンヂ

一進一退の四十の手習いが胸を打つ。楽器など手にしたことのなかった男が、ギター弾き語りの練習を始め、ついには単独ライブに挑戦。どこからでもいつからでも人は挑戦できる、オーケンの奮闘私小説。

サブカルで食う
就職せず好きなことだけやって生きていく方法　大槻ケンヂ

「サブカルな人になって何らかの表現活動を仕事にして生きていくために必要な条件は、才能・運・継続！　それは赤っ恥の連続で、それが表現者のお仕事」という見解にたどり着いた大槻ケンヂの自伝的半生。

グミ・チョコレート・パイン
グミ編　大槻ケンヂ

五千四百七十八回。これは大橋賢三が生まれてから十七年間の間に行ったある行為の数である。あふれる性欲、コンプレックス、そして純愛との間で揺れる〝愛と青春の旅立ち〟。青春大河小説の決定版！

大槻ケンヂのお蔵出し
帰ってきたのほほんレア・トラックス　大槻ケンヂ

ある時は絶叫する詩人、またある時は悩める恋の相談員、またまたある時は哀愁のエッセイスト。いろーんな〝大槻ケンヂ〟を1冊にしてみました。まさにファン必読のコレクターズ・アイテム！

グミ・チョコレート・パイン
チョコ編　大槻ケンヂ

大橋賢三は高校二年生。学校のくだらない連中との差別化を図るため友人のカワボン、タクオらとノイズ・バンドを結成するが、密かに想いを寄せていた美甘子は学校を去ってしまう。愛と青春の第二章。

角川文庫ベストセラー

グーグーだって猫である 全6巻　大島弓子

オオシマさんを見守り、ほかの猫にも心を配る、いつもやさしいグーグー。あなたは永遠に、私たちの心の中で"good good"な猫として生き続ける——。猫たちとの心温まる日々を描いたコミックエッセイ。

ホテルジューシー　坂木司

天下無敵のしっかり女子、ヒロちゃんが沖縄の超アバウトなゲストハウスにて繰り広げる奮闘と出会いと笑いと涙と、ちょっぴりドキドキの日々。南風が運ぶ大共感の日常ミステリ!!

大きな音が聞こえるか　坂木司

退屈な毎日を持て余していた高1の泳は、終わらない波・ポロロッカの存在を知ってアマゾン行きを決める。たくさんの人や出来事に出会いぶつかりながら、泳は少しずつ成長していき……胸が熱くなる青春小説!

肉小説集　坂木司

凡庸を嫌い、「上品」を好むデザイナーの僕。正反対な婚約者には、さらに強烈な父親がいて——。(「アメリカ人の王様」)不器用でままならない人生の瞬間を、肉の部位とそれぞれの料理で彩った短篇集。

わしらは怪しい探険隊　椎名誠

おれわあいくぞう　ドバドバだぞお……潮騒うずまく伊良湖の沖に、やって来ました「東日本なんでもケトばす会」ご一行。ドタバタ、ハチャメチャ、珍騒動の連日連夜。男だけのおもしろ世界。

角川文庫ベストセラー

絵本たんけん隊
椎名誠

90年代に行われた連続講演会「椎名誠の絵本たんけん隊」。誰もが知る昔話や世代を超えて読み継がれてきた名作など、古今東西の絵本を語り尽くした充実の講演録。すばらしき絵本の世界へようこそ！

世界どこでもずんがずんが旅
椎名誠

マイナス50℃の世界から灼熱の砂漠まで——地球の端から端までずんがずんがと駆け巡り、出逢った異国の情景を感じたままにつづった30年の軌跡。旅と冒険の達人・シーナが贈る楽しき写真と魅惑の辺境話！

帰ってきちゃった発作的座談会
椎名誠
沢野ひとし
木村晋介
目黒考二

発作的座談会シリーズ屈指のゴールデンベスト＋初収録座談会を多数収録。一見どーでもいいような話題をおじさんたちが真剣に、縦横無尽に語り尽くす。無意味度120％のベスト・ヒット・オモシロ座談会！

いっぽん海まっぷたつ
椎名誠

日本の食文化の分断線を確かめるため、酔眼おとっつあん集団、新たな旅へ!? 海から空へ、島から島へ、息つく間もなく飛び回る旅での読書の掟、現地メシの極意など。軽妙無双の熱烈本読み酒食エッセイ！

あやしい探検隊 北海道乱入
椎名誠

あやしい探検隊でやり残したことがあったのだ！と気付いたシーナ隊長は隊員とドレイを招集。北海道物乞い（お貰い）旅への出発を宣言した！ 笑いと感動のバカ旅。『あやしい探検隊 北海道物乞い旅』改題。

角川文庫ベストセラー

人生は、だましだまし　田辺聖子

生きていくために必要な二つの言葉、「ほな」、と「そやね」。別れる時は「ほな」、相づちには、「そやね」といえば、万事うまくいくという。窮屈な現世でほどほどに楽しく幸福に暮らす方法を解き明かす生き方本。

残花亭日暦　田辺聖子

96歳の母、車椅子の夫と暮らす多忙な作家の生活日記。仕事と介護を両立させ、旅やお酒を楽しもうとあれこれ工夫する中で、最愛の夫ががんになった。看病、入院そして別れ。人生の悲喜が溢れ出す感動の書。

私の大阪八景　田辺聖子

ラジオ体操に行けば在郷軍人の小父ちゃんが号令をかけ、英語の授業は抹殺され先生はやめてしまった。押し寄せる不穏な空気、戦争のある日常。だが中原淳一の絵に憧れる女学生は、ただ生きることを楽しむ。

アイデン&ティティ 24歳／27歳　みうらじゅん

バンド・ブームで世に出たが、ロックとはいえない活動を強いられ、ギタリストの中島は酒と女に逃避する空虚な毎日を送っていた。そのうちブームも終焉に……本物のロックと真実の愛を追い求める、男の叫び。

DT　みうらじゅん　伊集院　光

心が童貞であれば人生は味わい深い。俺たちはそんな「心が童貞」＝「童貞力を持つ」男たちを「DT」と呼ぶ――。童貞の素晴らしさを説いた歴史的名著がいま甦る。文庫化にあたっての語り下ろしも収録！